a garota americana
Quase pronta

OBRAS DA AUTORA PUBLICADAS PELA EDITORA RECORD:

Avalon High
Avalon High — A coroação: a profecia de Merlin
Cabeça de vento
Sendo Nikki
Como ser popular
Ela foi até o fim
A garota americana
Quase pronta
O garoto da casa ao lado
Garoto encontra garota
Todo garoto tem
Ídolo teen
Pegando fogo!
A rainha da fofoca
A rainha da fofoca em Nova York
A rainha da fofoca: fisgada
Sorte ou azar?
Tamanho 42 não é gorda
Tamanho 44 também não é gorda
Tamanho não importa
Liberte meu coração
Insaciável

Série O Diário da Princesa
O diário da princesa
Princesa sob os refletores
Princesa apaixonada
Princesa à espera
Princesa de rosa-shocking
Princesa em treinamento
Princesa na balada
Princesa no limite
Princesa Mia
Princesa para sempre

Lições de princesa
O presente da princesa

Série A Mediadora
A terra das sombras
O arcano nove
Reunião
A hora mais sombria
Assombrado
Crepúsculo

Série As leis de Allie Finkle para meninas
Dia da mudança
A garota nova
Melhores amigas para sempre?

Série Desaparecidos
Quando cai o raio

meg cabot

a garota americana
Quase pronta

Tradução de
ANA BAN

4ª Edição

galera
RECORD

Rio de Janeiro | 2011

CIP-Brasil. Catalogação na fonte
Sindicato Nacional dos Editores de Livros, RJ.

Cabot, Meg, 1967-
C116q   Quase pronta / Meg Cabot; tradução Ana Ban. − 4ª ed. -
4ª ed.   Rio de Janeiro: Galera Record, 2011.

Tradução de: Ready or not
Sequência de: A garota americana
ISBN 978-85-01-07954-1

1. Literatura juvenil. I. Ban, Ana. II. Título.

                    CDD − 028.5
08-2720   CDU − 087.5

Título original norte-americano:
Ready or not

Copyright © 2005 by Meggin Cabot

Todos os direitos reservados. Proibida a reprodução,
no todo ou em parte, através de quaisquer meios.

Texto revisado segundo o novo Acordo Ortográfico da Língua Portuguesa.

Direitos exclusivos de publicação em língua portuguesa somente para o
Brasil adquiridos pela
EDITORA RECORD LTDA.
Rua Argentina 171 − Rio de Janeiro, RJ - 20921-380 − Tel.: 2585-2000,
que se reserva a propriedade literária desta tradução.

Impresso no Brasil

ISBN 978-85-01-07954-1

Seja um leitor preferencial Record
Cadastre-se e receba informações sobre nossos
lançamentos e nossas promoções.

Atendimento e venda direta ao leitor:
mdireto@record.com.br ou (21) 2585-2002.

★

**PARA LAURA LANGLIE,
UMA ÓTIMA AGENTE E UMA AMIGA MELHOR AINDA**

★

★

AGRADECIMENTOS

Muito obrigada a Beth Ader, Jennifer Brown, Michele Jaffe, Laura Langlie, Abigail McAden e, mais do que todo mundo, Benjamin Egnatz.

★

"Nunca duvide que um pequeno grupo de pessoas dedicadas é capaz de mudar o mundo; de fato, essas são as únicas pessoas que já conseguiram."

— Margaret Mead, antropóloga

"Depois que você se faz de boba algumas centenas de vezes, aprende o que dá certo e o que não dá."

— Gwen Stefani

Certo, aqui estão as dez razões por que é um saco ser eu, Samantha Madison:

10. Apesar do fato de eu ter salvado a vida do presidente dos Estados Unidos no ano passado, de ter recebido uma medalha por heroísmo e de um filme ter sido feito sobre a minha vida, continuo sendo uma das pessoas menos populares da minha escola inteira, que supostamente é uma instituição progressista de alta reputação, mas que, para mim, parece totalmente habitada, à exceção de mim e da minha melhor amiga, Catherine, por neofascistas que só usam roupa da Abercrombie & Fitch, que têm tolerância zero por qualquer pessoa que de fato tenha opinião diferente da deles (ou que, aliás, tenha qualquer tipo de opinião), que ficam cantando o hino da escola bem alegrinhos e que adoram assistir a reality shows na TV.

9. Minha irmã mais velha (aquela que parece ter ficado com todo o DNA bom da família, tipo os genes de cabelo loiro-avermelhado e macio como seda, em vez do meu, com textura de bombril e tom de vermelho-cobre) é a menina mais popular da Escola Adams (e que pode, de fato, ser vista puxando o hino da escola bem alegrinha), o que faz com que alunos, professores e até os meus próprios pais me perguntem quase

todos os dias, ao me verem vagar a esmo pela esfera social como uma solitária depressiva em um mar de animação incessante: "Por que você não se parece mais com a Lucy?"

8. Apesar de ser indicada como embaixadora teen da Organização das Nações Unidas, devido ao meu suposto ato corajoso de ter salvado o presidente, eu raramente perco aula para cumprir minhas funções. Aliás, nem sou paga para exercer esta função.

7. Por causa disso, fui forçada a arrumar um emprego que realmente me pague alguma coisa além do meu trabalho de embaixadora teen, que parece ser unicamente voluntário, para pagar minha conta que não para de crescer na loja de suprimentos artísticos Sullivan's, onde preciso comprar meus próprios blocos de desenho Strathmore e meus lápis de grafite, já que meus pais decidiram que eu preciso aprender o valor do dinheiro e adquirir "ética no trabalho".

E, diferentemente da minha irmã Lucy, que também foi obrigada a arrumar emprego para pagar pela pintura dela (da variedade facial, não artística), eu não arrumei emprego em uma loja fofa de lingerie no centro que me dá trinta por cento de desconto e que me paga dez dólares por hora para ficar sentada em uma mesa lendo revistas até que uma cliente se digne a me fazer uma pergunta relativa a calcinhas abertas no fundilho.

Não, em vez disso, arrumei um emprego horrível, recebendo praticamente salário mínimo, na Videolocadora Potomac, rebobinando filmes horríveis da Brittany Murphy e colocando-os de volta na prateleira para que mais pessoas possam alugar e ser sugadas para dentro do mundo doentio, distorcido, psicótico e de "olhe só quanto peso eu perdi desde que fiz *As Patricinhas de Beverly Hills* e o Ashton terminou comigo para ficar com aquela seca da Demi e eu fiquei mais famosa que ele" daquela cara de biquinho dela.

E, tudo bem, pelo menos eu convivo com um pessoal bacana que largou os estudos, como a minha nova amiga cheia de piercings, Dauntra. Mas, mesmo assim...

6. Entre a escola, as aulas de arte, minhas funções de embaixadora teen e meu trabalho, só tenho uma noite para ficar com meu namorado em alguma coisa que se assemelhe remotamente a um contexto social.

5. Como meu namorado é tão ocupado quanto eu, e ainda está preenchendo fichas de inscrição para ir à faculdade no ano que vem, *e* por acaso é filho do presidente (e, portanto, com frequência é convocado a participar de funções governamentais na única noite em que posso fazer alguma coisa com ele), ou eu tenho que ir à função governamental chata com ele, e assim não sobra muito tempo para namorar, ou fico em casa assistindo a *National Geographic Explorer* com a minha irmã de doze anos, a Rebecca, todo sábado à noite.

4. Sou a única menina com quase dezessete anos no planeta que assistiu a todos os episódios de *National Geographic Explorer*. E apesar do fato de a minha mãe ser advogada ambiental, eu realmente não me importo muito com o derretimento das calotas polares. Preferia ficar me agarrando com meu namorado.

3. Independentemente do fato de eu ter salvado uma vez a vida do presidente dos Estados Unidos, até hoje não conheci a Gwen Stefani, que é meu maior ídolo (apesar de ela ter me mandado uma jaqueta jeans de sua linha de roupas, a L.A.M.B., quando ficou sabendo que eu me considerava sua fã número um. No entanto, na primeira vez que usei a jaqueta para ir à Escola Adams, recebi tantos comentários sarcásticos a respeito dela dos meus colegas, tipo "Agora virou punk,

é?" e "Onde você vai dar um mosh?", que cheguei à conclusão de que meu avanço no quesito da moda é uma característica pessoal que os meus iguais ainda não sabem valorizar).

2. Todo mundo que me conhece o mínimo sabe de tudo isso e, mesmo assim, insiste em ficar falando sem parar sobre como a minha vida é maravilhosa e como eu devia agradecer por todas as coisas ótimas que tenho, como o namorado que nunca encontro e os pais que me mandam estudar em uma escola tão boa, onde todo mundo me odeia. Ah, e sobre minha relação pessoal íntima com o presidente, que às vezes nem se lembra do meu nome, apesar de eu ter quebrado o braço em dois lugares ao salvar a vida dele.

E a razão número um por que é um saco ser eu, Samantha Madison:

1. A menos que alguma coisa mude drasticamente, parece que as coisas ainda vão demorar muito para melhorar.

★ 1 ★

E isso pode explicar por que finalmente consegui reunir coragem para fazer o que tenho que fazer.

Para mudar, quero dizer. E a mudança também vai ser bem grande. E para melhor.

E daí que minha irmã Lucy não concorda com meu ponto de vista?

Na verdade, ela não disse que não gostou. Não que o fato de ela dizer fosse me incomodar. Eu não fiz isso para ela. Fiz para mim mesma.

E foi o que respondi a ela. À Lucy. Quando ela disse o que disse sobre a questão, que foi:

— A mamãe vai matar você.

— Eu não fiz isso para a mamãe — respondi. — Fiz para mim, ninguém mais.

Nem sei o que ela estava fazendo em casa. Digo a Lucy. Por acaso não devia estar no treino de animadora de torcida? Ou em um jogo? Ou fazendo compras no shopping com as amigas dela, que é a maneira como passa a maior parte do tempo, quando não está trabalhando no shopping... o que acaba sendo quase a mesma coisa, porque todas as amigas dela passam mesmo o dia todo na Bare Essentials (a loja de lingerie onde ela recebe para não fazer nada) enquanto ela está lá, para ajudá-la a soltar gritos histéricos com a mais nova fofoca sobre a J. Lo na revista *Us Weekly* e a dobrar calcinhas fio dental?

— É, mas você não tem que ficar olhando para si mesma — a Lucy disse da mesa dela. Dava para ver que ela estava mandando uma mensagem instantânea para o namorado dela, o Jack. A Lucy tem que mandar mensagem para ele toda manhã antes da escola e de novo à noite, antes de ir para a cama e, às vezes, como agora, até no meio do dia, senão ele fica aborrecido. O Jack está fora, estudando na Faculdade de Design de Rhode Island e tem demonstrado, desde que partiu, cada vez mais insegurança em relação aos afetos da Lucy por ele. Precisa de reafirmações quase constantes de que ela ainda gosta dele e que não está por aí ficando com algum cara que conheceu na loja Sunglass Hut ou sei lá o quê.

E isso é um tanto surpreendente, porque, antes de partir para a faculdade, o Jack nunca tinha me parecido ser do tipo carente. Acho que a faculdade é capaz de mudar as pessoas.

Essa não é uma ideia muito otimista, levando em conta que o *meu* namorado, que tem a idade da Lucy, vai para a faculdade no ano que vem. Pelo menos o Jack pega o carro e vem ver a Lucy todo fim de semana, o que é legal, em vez de ficar com os amigos da faculdade dele. Espero que o David faça a mesma coisa.

Mas estou começando a desconfiar que o Jack talvez não tenha nenhum. Amigo na faculdade, quero dizer.

— Tenho que ficar me olhando no espelho o tempo todo — foi o que eu disse a respeito da observação da Lucy de que eu não preciso ficar olhando para mim mesma. — Além do mais, ninguém pediu sua opinião.

E virei para seguir pelo corredor, que era para onde eu estava indo quando a Lucy me chamou, ao perceber que eu estava tentando me esgueirar pela porta do quarto dela, que estava aberta.

— Certo — a Lucy disse atrás de mim, enquanto eu tentava fugir de novo. — Mas, só para você saber, você não ficou parecida com ela.

Claro que eu tive que voltar até a porta dela e falar assim:

— Tipo quem? — porque, de verdade, eu não fazia a menor ideia do que ela estava falando. Só que, a esta altura, seria de se pensar que eu já soubesse que perguntar não era a melhor opção. Bom, eu estava falando com a Lucy.

— Você sabe — ela disse, depois de tomar um gole de Coca diet. — Sua heroína. Sei lá qual é o nome dela. Gwen Stefani. Ela tem cabelo loiro, certo? Não preto.

Ai, meu Deus. Não dava para acreditar que a Lucy estava tentando me dizer (para mim, a fã número um da Gwen Stefani) qual é a cor do cabelo dela.

— Eu sei muito bem disso — respondi e comecei a ir embora de novo.

Mas a observação seguinte da Lucy me fez voltar no mesmo instante até a porta dela.

— Agora você ficou parecida com aquela outra. Como é mesmo o nome dela?

— A Karen O? — perguntei, cheia de esperança. Nem me pergunte como foi que eu achei que a Lucy seria capaz de dizer alguma coisa simpática, como eu estar parecida com a vocalista dos Yeah Yeah Yeahs. Acho que eu tinha inalado muito hidróxido de amônia da tintura de cabelo ou algo assim.

— Nada disso — a Lucy disse. Então, estalou os dedos. — Já sei. A Ashlee Simpson.

Respirei fundo de susto. Existem coisas muito piores do que ficar parecida com a Ashlee Simpson (que, na verdade, é bem bonita), mas a ideia de as pessoas talvez pensarem que eu estava tentando *copiá-la* me deu tanta ânsia que deu para sentir os Doritos que eu tinha devorado depois da escola subirem até minha garganta. Não dava para pensar em nada pior naquele momento específico. Aliás, naquele momento específico, foi sorte da Lucy não ter nada afiado ao meu alcance, ou juro que eu podia ter usado para atacá-la.

— Não estou parecida com a Ashlee Simpson — consegui dizer em voz rouca.

Lucy só deu de ombros e retornou à tela do computador, como sempre, sem demonstrar o menor remorso pelas ações dela.

— Tanto faz — ela respondeu. — Tenho certeza que o pai do David vai ficar emocionado. Você não vai à VH1 ou algo assim na semana que vem para promover o negócio idiota do Retorno à Família dele?

— MTV — eu disse, sentindo-me ainda pior, porque agora eu estava me lembrando que ainda não tinha lido nenhuma das coisas que o Sr. Green, o secretário de imprensa da

Casa Branca, tinha me dado para me preparar para este evento específico. Tipo, fala sério. Entre o dever de casa e as aulas de desenho e o trabalho, quanto tempo me sobra para fazer as coisas de embaixadora teen? Diria que é zero.

Além disso, a gente precisa ter prioridades. E a minha era tingir o cabelo.

Para ficar com cara de aspirante a Ashlee Simpson, aparentemente.

— E você sabe perfeitamente bem que é a MTV — disparei para cima da Lucy, porque eu ainda estava louca da vida com o negócio da Ashlee. E também porque eu estava louca comigo mesma por não ter começado a estudar as coisas que eu deveria dizer. Mas era melhor descarregar na Lucy do que em mim mesma. — E que é uma assembleia, e que o presidente vai estar lá. Na Escola Adams. Até parece que você não está planejando ir lá e aproveitar a oportunidade para testar aquele jeans rosa novo que você comprou na Betsey Johnson.

A Lucy fez uma cara de toda inocente.

— Não sei do que você está falando.

— Você é tão folgada! — Não dava para acreditar que ela tinha coragem de ficar sentada ali, fingindo daquele jeito. Como se alguém na escola estivesse falando de outro assunto. Que a MTV iria à Escola Adams, oras. Ninguém dava a mínima para o fato de o presidente estar presente. A Lucy e as amigas dela estavam todas animadinhas é com o novo VJ, o Random Alvarez (é sério. O nome dele é esse. Random, que significa "aleatório" em inglês), que iria apresentar aquela idiotice toda.

E também não era só a Lucy e as amigas dela. A Kris Parks (que por acaso tem uma aversão pessoal específica em relação a mim, apesar de ela tentar esconder, porque sou uma heroína nacional e tal. Mas dá para ver que o ódio continua lá, fervilhando por baixo da superfície dos *Oi, Sam, tudo bem* dela) há pouco tempo entrou em pânico porque no seu histórico escolar não tem cursos extracurriculares suficientes (levando em conta que ela só é animadora de torcida do time principal, Estudante de Mérito Nacional e presidente da nossa classe), por isso fundou uma nova agremiação, a Caminho Certo, que supostamente conclama os adolescentes a recuperarem seu direito de dizer não às drogas, ao álcool e ao sexo.

Mas, para dizer a verdade, eu nem sabia que esse direito algum dia tinha sido ameaçado. Até onde eu sei, ninguém nunca ficou *bravo* com gente que diz "não, obrigada" a uma cerveja ou algo assim. Tirando, talvez, o namorado de alguma garota que se recusasse a, sabe como é, Fazer Aquilo com ele.

No entanto, eu tinha reparado que, quando todo mundo ficava sabendo que uma menina tinha, tipo, Ido Até o Fim com o namorado, a Kris Parks em particular, e suas colegas integrantes da Caminho Certo em geral, eram as primeiras a chamar a menina de galinha, geralmente na cara dela.

Mas, bom, por causa da Caminho Certo, a Kris é uma das pessoas que vai participar do painel estudantil durante a assembleia com o presidente na Escola Adams. Desde que ela ficou sabendo disso, não consegue falar de outra coisa além de que esta é sua grande chance de impressionar todas as universidades de primeira linha que vão bater à porta da casa dela, implorando para que ela vá estudar lá. E também que ela vai poder conhecer o Random Alvarez, e que vai dar a ele o número do celular dela, e que os dois vão começar a namorar.

Até parece que o Random ia olhar para a Kris duas vezes, pois ouvi dizer que ele está namorando a Paris Hilton. Talvez "namorar" seja o termo errado. Mas tanto faz.

— Mas, bom — disse para a Lucy —, para sua informação, foi por isso que eu fiz isto. Que eu tingi o cabelo. Preciso de um visual novo para a assembleia. Alguma coisa menos... "a menina que salvou o presidente". Sabe como é?

— Bom, isso você conseguiu com toda a certeza — foi a única coisa que a Lucy disse. Então, completou: — E, mesmo assim, a mamãe vai matar você. — E logo voltou a trocar mensagens com o Jack, pois ele tinha mandado duas mensagens que ela havia ignorado desde que eu tinha voltado ao quarto dela. Pode apostar que ele não estava muito feliz por ela não estar prestando atenção nele. Como se ele pensasse que talvez ela estivesse prestando atenção ao outro namorado dela (o imaginário, da Sunglass Hut) em vez de prestar atenção nele durante um minuto.

Pelo menos foi o que pareceu com a campainha nervosa de aviso de chegada de mensagens.

Eu disse a mim mesma que não me importo com o que a Lucy acha. Afinal, o que ela entende de moda? Ah, claro, ela lê a *Vogue* inteirinha todo mês.

Mas não estou a fim de ficar com um visual que se encontra na *Vogue*. Diferentemente da Lucy, não sou uma conformista da moda. Estou buscando minha noção pessoal de estilo, não algo que me seja ditado por uma revista qualquer.

Ou pela Ashlee Simpson.

Mesmo assim, quando desci para pegar minha jaqueta antes de ir para o centro, devo dizer que esperava uma reação melhor da Theresa, que trabalha na nossa casa, do que a que ela teve ao meu novo visual.

— Santa Maria, o que você fez com a sua cabeça? — ela quis saber.

Levei a mão até o cabelo, meio que na defensiva.

— Não gostou?

A Theresa só sacudiu a cabeça e chamou o nome da mãe de Jesus mais uma vez. Só não sei o que ela poderia fazer a respeito do assunto.

Minha irmã mais nova, Rebecca, ergueu os olhos do dever de casa; ela estuda em uma escola diferente da minha e da Lucy. Na verdade, Rebecca estuda em uma escola para crianças superdotadas, a Horizon, a mesma escola em que meu namorado, David, estuda, onde não tem animadoras de torcida nem encontros para incentivar o time e nem notas, e todo mundo tem que usar uniforme para que as pessoas não façam piada com a noção de moda das outras. Eu gostaria de estudar lá em vez de na Escola Adams. Só que a pessoa praticamente tem que ser um gênio para ser aceita na Horizon. E apesar de a minha conselheira vocacional, a Sra. Flynn, gostar de dizer que estou "acima da média", eu não sou gênio nenhum.

— Acho que ficou bom — foi o veredicto da Rebecca sobre meu cabelo.

— É mesmo? — Fiquei com vontade de dar um beijo nela. Até que ela completou:

— É, igual a Joana d'Arc. Não que alguém saiba como a Joana d'Arc era, porque só existe um retrato conhecido, e que foi rabiscado na margem do registro do tribunal do julgamento dela quando foi condenada à morte por bruxaria. Mas você está meio parecida com o rabisco.

Apesar de isso ser melhor do que ouvir que eu estava parecida com a Ashlee Simpson, também não é muito reconfortante quando alguém diz para a gente que você se parece com um rabisco. Mesmo que seja um rabisco da Joana d'Arc.

— Seus pais vão me matar — a Theresa disse.

Aquilo era pior do que ouvir que eu estava parecendo um rabisco.

— Eles vão superar — eu disse, meio que em um tom mais esperançoso do que eu sentia.

— É permanente? — a Theresa quis saber.

— Semi — respondi.

— Santa Maria — a Theresa disse mais uma vez. Então, quando reparou que eu estava de jaqueta, ficou toda assim: — Aonde você pensa que vai?

— À aula de desenho — respondi.

— Achei que, neste ano, as aulas eram às segundas e quartas. Hoje é quinta. — A Theresa não deixa passar nada. Pode acreditar. Já tentei enganá-la.

— É verdade — respondi. — Normalmente. Esta é uma aula nova. Só para adultos. — A Susan Boone é dona do ateliê de arte onde meu namorado e eu temos aula de desenho. Às vezes é o único momento em que a gente consegue se ver, por sermos tão ocupados e estudarmos em escolas diferentes e tudo o mais.

Não que seja por isso que eu vá às aulas de desenho. Vou lá para aprender a dominar minhas habilidades, não para ficar me agarrando com meu namorado.

Apesar de normalmente darmos alguns beijos na escada depois da aula.

— A Susan disse que achava que o David e eu estávamos prontos — expliquei.

— Prontos para quê? — Theresa quis saber.

— Uma lição mais avançada — respondi. — Uma aula especial.

— Que tipo de aula especial?

— De desenho com modelo vivo — expliquei. Estou acostumada a responder aos questionários da Theresa. Ela trabalha para nossa família há um milhão de anos e é mais ou menos nossa segunda mãe. Bom, para falar a verdade, ela mais parece nossa *primeira* mãe, uma vez que quase nunca vemos nossa mãe verdadeira, por causa da carreira tão ocupada dela em Direito ambiental. A Theresa tem um monte de filhos, todos crescidos, e até alguns netos, de modo que ela já viu de tudo.

Tirando desenho com modelo vivo, parece, porque ela ficou toda desconfiada,

— O que é isso?

— Sabe como é — eu disse, com mais segurança do que sentia, porque eu mesma não tinha bem certeza do que era aquilo. —

Em vez de pilhas de natureza-morta, pilhas de fruta e essas coisas. Em vez de objetos, vamos desenhar coisas vivas... pessoas.

Preciso confessar que fiquei bem animada com a perspectiva de finalmente poder desenhar alguma coisa (*qualquer* coisa) que não fosse chifres de vaca ou uvas. Provavelmente só os CDFs se animam com esse tipo de coisa, mas, ei, e daí? Então, eu sou CDF. Pelo menos, com meu cabelo novo, eu sou uma CDF gótica.

A Susan também tinha feito o maior alvoroço com aquilo. O fato de ela permitir que o David e eu fôssemos a uma aula de modelo vivo, quero dizer. Ela explicou que seríamos os mais novos ali, pois era uma aula para adultos. "Mas acho que vocês dois já estão maduros o suficiente para dar conta disso", foi o que Susan tinha dito.

Por estar quase com dezessete anos e tudo o mais, eu certamente esperava ter maturidade suficiente para dar conta daquilo. O que ela podia achar que eu faria? Cuspiria em cima do modelo?

— Eu não sabia que precisaria levar você até a cidade. — Parece que a Theresa ficou aborrecida. — Preciso levar a Rebecca à aula de caratê dela...

— De Qigong — a Rebecca corrigiu.

— Tanto faz — a Theresa respondeu. — O estúdio é lá no centro, na direção oposta...

— Relaxa — eu disse. — Eu vou de metrô.

A Theresa ficou com uma cara de chocada.

— Mas você não pode fazer isso. Está lembrada do que aconteceu da última vez?

É. Legal da parte dela lembrar. Da última vez que tentei andar de metrô, dei de cara com uma reunião de família: literalmente, um monte de gente usando umas camisetas bem amarelas em que se lia *Cuidado: Férias da Família Johnson em Progresso*; todo mundo da família me reconheceu e se juntou ao meu redor, querendo saber se eu era a menina que tinha salvado o presidente e exigindo que eu autografasse a camiseta de todos eles. Como eu causei uma bela confusão (a família Johnson era bem grande), os seguranças do metrô tiveram que entrar e me arrancar das garras daquele pessoal. Então, com toda a delicadeza, pediram para eu não andar mais de metrô.

Os seguranças do metrô, não a família Johnson.

— É — eu respondi. — Bom, da última vez meu cabelo ainda era ruivo e as pessoas eram capazes de me reconhecer. Agora — eu dei uns tapinhas no meu cabelo novo — ninguém vai ver que sou eu.

A Theresa continuava com cara de preocupada.

— Mas seus pais...

— ...querem que eu aprenda ética no trabalho — respondi. — E por acaso existe um jeito melhor para isso do que usando o transporte público, como o resto dos plebeus?

Dava para ver que a Rebecca tinha ficado impressionada com o uso que eu fiz da palavra "plebeus", que eu tinha pegado no livro de preparação para as provas da Lucy. Não que a Lucy tivesse passado algum tempo realmente estudando aquilo. Pelo menos se servir de indicação o fato de ela ter achado que foi um elogio quando eu a xinguei de súcubo (uma palavra que cai na prova e que significa "demônio ou fantasma maligno; especialmente um espírito lascivo que tenha relações sexuais com homens à noite sem o seu conhecimento").

Não foi fácil vencer a Theresa, mas finalmente consegui. Quando é que as pessoas vão perceber que sou quase adulta, que já tenho idade suficiente para me defender sozinha? Parece que eu já tenho maturidade suficiente para ter aulas de desenho com modelo vivo (isso sem mencionar o fato de ter um emprego de meio período), mas não tenho idade suficiente para andar de metrô sozinha?

Tanto faz. Em qualquer outro estado, eu já teria meu próprio carro (já que a idade para tirar carteira de motorista nos Estados Unidos é dezesseis anos). É mesmo muito azar morar em um lugar onde as regras para tirar carteira de motorista são quase tão restritivas quanto as relativas à licença de porte de armas.

No final, a Theresa me deixou ir... mas só porque ela realmente não tinha escolha. Com meu pai trabalhando até mais tarde do que nunca no escritório dele no Banco Mundial, e com minha mãe toda enrolada com o último processo dela, a Theresa não podia ligar para ninguém para pedir apoio. Ultimamente, eles mal apareciam em casa para jantar (tinham deixado para lá a ideia toda de a família achar tempo para comer junta), quanto menos para nos supervisionar.

Não que nós precisemos de supervisão. Cada uma de nós está bem envolvida com sua rotina: aula de arte, videolocadora Potomac ou coisas de embaixadora teen todo dia depois da aula; animação de torcida ou shopping center (para trabalhar ou socializar) para a Lucy; e a Rebecca... bom, entre as aulas de clarineta, as reuniões do clube de xadrez, o Qigong e sei lá o que mais rola no mundo de geniazinha dela, é surpreendente o fato de qualquer uma de nós encontrar com ela em algum momento.

Fiquei feliz de sair de casa para o ar frio de novembro. Também fiquei feliz com o fato de minhas funções de embaixadora teen terem forçado a Casa Branca a me dar um celular. Esse é o tipo de coisa para o qual eu deveria estar aprendendo a economizar com meu trabalho de meio período. A Lucy tem que pagar o telefone dela (bom, pelo menos por todas as ligações que não sejam para a mamãe ou o papai, perguntando se ela pode ficar até mais tarde na festa em que estiver no momento).

Eu, por outro lado, tenho um telefone de graça.

Acho que ser heroína nacional tem seus benefícios.

— Alô? — Fiquei aliviada porque minha melhor amiga, Catherine, e não os pais ou os irmãos mais novos dela, tinha atendido. A Catherine não tem celular, por isso tive que ligar no telefone fixo da família dela.

— Sou eu — disse. — Eu fiz mesmo.

— Como ficou? — a Catherine perguntou.

— Acho que ficou legal — respondi. — A Rebecca disse que eu fiquei igual a Joana d'Arc.

— Ela era fofa — a Catherine disse, em tom de incentivo. — Até pegar fogo, pelo menos. O que a Lucy disse?

— Que estou parecendo a Ashlee Simpson.

— Superfofa! — a Catherine disse, toda meiga.

Sabe, este é o problema da Catherine. Tipo, ela é minha melhor amiga e eu a adoro até morrer. Mas às vezes ela diz umas coisas assim, e eu fico temerosa. De verdade. Afinal, o que vai acontecer quando ela chegar ao mundo real? Simplesmente vai ser engolida viva.

— Catherine — disse. — Não quero que as pessoas achem que estou copiando o visual da Ashlee Simpson. Isso não seria nada legal.

— Ah — a Catherine disse. — Certo. Desculpa. — Parece que ela passou um minuto refletindo sobre a questão. Então, perguntou: — Bom... o que mais a Lucy disse?

— Que minha mãe vai me matar.

— Ah — a Catherine disse. — Isso não é nada bom.

— Não estou nem aí — eu disse enquanto me apressava pela rua coberta de folhas.

Minha família mora em Cleveland Park, uma parte de Washington, D.C., que na verdade não é muito longe do número 1.600 da Pennsylvania Avenue, ou melhor, da Casa Branca, onde meu namorado mora. Quase todo mundo que estuda na Escola Adams mora no meu bairro ou em Chevy Chase, que fica bem do lado, onde o namorado da Lucy, o Jack, morava antes de ir para a faculdade.

— A cabeça é minha — disse ao telefone. — Eu devia poder fazer o que quiser com ela.

— Poder para o povo — Catherine concordou. — Está indo para o ateliê agora?

— Estou — respondi. — Vou de metrô.

— Boa sorte — Catherine disse. — Cuidado com qualquer Férias da Família Johnson em Progresso. E depois me conta o que o David disse. Sobre seu cabelo.

— Câmbio e desligo — eu disse ao telefone, meio que de piada, porque era assim que a gente desligava os walkie-talkies quando éramos pequenas. Na verdade, os celulares são iguais a walkie-talkies. Só que custam mais caro. A parte mais triste é que os pais da Catherine se recusam a dar um para ela, então a experiência é meio que unilateral. Os pais da Catherine são muito rígidos e nem deixam que ela fale ao telefone com meninos, muito menos que saia com eles, a não ser quando saem com um monte de gente, o que dificultava muito as coisas para ela e o namorado... isso quando ela tinha namorado. Infelizmente para a Catherine, o pai diplomata do namorado foi transferido para o Qatar, e agora ela e o Paul têm uma relação de longa distância, igual à Lucy e ao Jack...

Só que o Qatar fica bem mais longe do que Rhode Island, de modo que o Paul nunca pode pegar o carro para vir passar o fim de semana aqui.

Os pais da Catherine, além de não darem um celular para ela, também *nunca* deixariam que ela andasse de metrô sozinha. Para falar a verdade, os meus também não ficariam assim muito animados com a ideia, se soubessem. Não por eles terem medo que eu me perca ou seja sequestrada e vendida como escrava branca (isso acontece muito mais no meio-oeste, em lugares como o shopping Mall of America, do que no metrô... eu sei disso porque a Rebecca e eu assistimos a um episódio de *National Geographic Explorer* a respeito disso), mas por causa da coisa toda das Férias da Família Johnson em Progresso.

Infelizmente, isso não os preocupa tanto a ponto de me livrarem do meu emprego na videolocadora Potomac.

Mas deu para ver logo de cara, graças à minha nova cor de cabelo, que as coisas seriam diferentes. Ninguém no trem me reconheceu. Ninguém nem olhou para mim duas vezes, como se estivesse tentando se lembrar de onde já tinha me visto. Consegui chegar até a estação da R Street com a Connecticut (bem na frente da Igreja Fundamental da Cientologia), onde fica o estúdio de arte da Susan Boone, sem que nenhuma pessoa dissesse: "Ei, você não é a Samantha Madison?" ou "Ei, não fizeram um filme sobre você no verão passado?"

Fiquei tão animada por não ser reconhecida para variar que passei direto pela Static, a loja de discos ao lado do estúdio sem nem parar para ver se tinha chegado alguma coisa boa... apesar de ter feito uma pausa para admirar meu reflexo na vitrine da loja. Eu estava achando que fiquei tão diferente que as pessoas nem sabiam mais quem eu era.

Porque, até onde eu sei, diferente só pode significar melhor.

Mas não tive tanta certeza se o David concordou quando chegou ao estúdio, alguns minutos depois de mim. Ele olhou na minha direção, então passou reto, como se estivesse procurando outra pessoa...

...e depois olhou de novo, ao perceber que a garota sentada de pernas abertas no banco de desenho realmente era eu.

Pela expressão dele, não dava para saber se tinha gostado ou não. Tipo, ele estava sorrindo, mas isso não significava nada. O David é um menino feliz de maneira geral; não é todo emburrado igual ao Jack, o namorado da Lucy, apesar de o David ser um artista tão talentoso quanto o Jack, se não mais. Mesmo que esta seja apenas a minha opinião.

Também é minha opinião que o David é muito mais bonito que o Jack, com os olhos verdes dele; não, estou falando sério. São *verdes*. Não esverdeados, mas sim de um verde puro, igual ao do gramado da Casa Branca na primavera; e o cabelo dele é escuro, meio despenteado e ondulado.

Não que esta seja uma competição para ver qual namorado é mais gostoso, o meu ou o da minha irmã.

Mas a verdade é que é o meu, total. Apesar de estarmos juntos há mais de um ano, meu coração ainda faz uma coisa engraçada e gostosa toda vez que eu o vejo... o David. A Rebecca diz que isso se chama frisson.

Não me importo com o nome nem com o motivo disso. A única coisa que sei é que eu amo o David. Ele simplesmente é tão... *presente*. Quando ele entra em um lugar, não entra simplesmente... ele o *preenche*, acho que é por ser tão alto e grande e tudo o mais. Quando ele me beija, precisa se abaixar bastante para alcançar meus lábios e, muitas vezes, segura meu rosto com as duas mãos para mantê-lo firme...

É supergostoso.

Mas não tão gostoso como a maneira com que ele me olha de vez em quando... como agora, por exemplo.

Meus pais, além da coisa da "ética no trabalho", também inventaram uma história de autonomia (e isso significa que cada uma de nós precisa lavar as próprias roupas, em vez de deixar para a Theresa lavar), para que possamos aprender a exercer o papel de membros da sociedade normais (e limpos). Por isso, a única coisa limpa que encontrei para usar na aula, como eu tinha me esquecido de lavar a roupa, foi uma camiseta preta que a Nike me mandou, na esperança que eu usasse na próxima vez que aparecesse na TV, por exemplo, na assembleia na MTV na semana que vem.

O que, com certeza absoluta, é mais um benefício de ser heroína nacional... ganhar roupa de graça e tudo mais.

Só que, por mais que eu goste da Nike, tento não fazer merchandising de produtos assim na cara dura. Por isso, eu nunca tinha usado esta camiseta. E por isso, até ver a cara do David, eu não sabia que devia ser meio sexy. A camiseta, quero dizer. Não tenho peito grande (nem pequeno, para falar a verdade). Meu peito simplesmente é do tamanho normal, mas acho que a camiseta é meio justa, de modo que faz essa região, seja lá qual for o tamanho, parecer mais destacada que normalmente... além do mais, tem gola em V, de modo que é bem mais decotada que as camisetas que costumo usar.

E isso pode explicar por que, quando o David finalmente me reconheceu, nem reparou no meu cabelo. No minuto em que ele me avistou, o olhar dele foi direto para o meu

peito. Daí, quando ele foi sentar no banco de desenho ao lado do meu, a única coisa que disse, foi:
— Oi, Sharona.
— Oi, Daryl — retribuí.
Daryl e Sharona são os apelidos esquisitos que demos um ao outro. Sabe como é, qual nome achamos que teríamos se tivéssemos nascido em um bairro pobre de trailers em vez de Cleveland Park (eu) ou Houston, no Texas (o David).

Mas isso não quer dizer que qualquer pessoa que se chame Daryl ou Sharona seja obrigatoriamente esquisita, nem que qualquer pessoa que more em um trailer de um bairro pobre também seja. É só que, se nós fôssemos esquisitos, estes são os nomes que achamos que teríamos...

Certo, é uma coisa de casal. Sabe como as pessoas que estão juntas há muito tempo têm umas coisas que só elas entendem? Tipo a minha mãe e o meu pai, que se chamam um ao outro de "Schmoopie" às vezes, por causa de um episódio de uma série a que assistiram uma vez. O negócio de Daryl e Sharona é desse tipo.

Só que não é detestável.

— Gostei da sua camiseta — foi o que o Daryl/David disse em seguida.

— É — eu disse. — Essa parte meio que ficou óbvia.

— Você devia usar camisetas assim com mais frequência — o Daryl/David disse, sem parecer ficar com nem um pouco de vergonha por me fitar (uma palavra que cai na prova e significa "olhar para uma coisa de maneira fixa, com admiração") tão na cara dura.

— Vou tentar me lembrar disso — respondi. — Olhe um pouco mais para cima. O que achou do cabelo?

Ele continuava olhando para a camiseta.

— Ficou ótimo.

— David. Você nem olhou.

Ele descolou os olhos de meu peito e os passou para o meu cabelo. Os olhos verdes dele se apertaram.

— Está preto — ele disse.

Assenti.

— Muito bem. Mais alguma coisa? Como, por exemplo... você gostou?

— Está... — ele olhou mais um pouco para a minha cabeça. — Está muito preto.

— Está — respondi. — O nome é Ébano da Meia-Noite. E isso me levou a acreditar que pudesse ser preto. Mas eu quero saber se você gostou.

O David respondeu:

— Bom, não vai precisar se preocupar que alguém chame você de ruiva agora.

— Isso eu percebi — respondi. — Mas você acha que ficou bom?

— Ficou... — David olhou de novo para o meu peito. — Ótimo.

Uau. Será que a Nike tem noção do poder que as camisetas da marca têm sobre os globos oculares dos namorados das pessoas? Pelo menos sobre os do meu. E eu que estava esperando o David me dar uma opinião sincera a respeito do meu visual novo... Acho que eu ia ter que esperar...

— Pelo amor de Deus, o que você fez com o seu cabelo? — Susan Boone parecia horrorizada.

— Eu tingi — respondi, enrolando um cacho solto no dedo. Pela expressão dela, não dava para saber se ela tinha aprovado ou não. Ficou mais ou menos com a mesma cara que a Theresa e a Lucy... estupefata. — Você não gostou?

A Susan mordeu o lábio inferior.

— Sabe, Sam, existem milhares de mulheres que matariam alguém para ter a cor de cabelo que você tinha. Espero que esse preto não seja, hum, permanente.

— Semi — respondi, com a voz fraca. O estúdio estava se enchendo com os alunos da aula de desenho com modelo vivo. Tirando o Rob, o agente do Serviço Secreto do David (por ser o primeiro-filho, David não pode ir a lugar nenhum sem estar acompanhado por pelo menos um agente do Serviço Secreto), eu não reconheci ninguém.

Mesmo assim, apesar de eu não conhecer ninguém na classe de quinta-feira, todo mundo ficou escutando a conversa entre nós dois e a Susan.

Ah, as pessoas ficaram fingindo que não estavam escutando, remexendo em seus carvões e em seus blocos de desenho enquanto se acomodavam.

Mas todo mundo estava escutando. Dava para ver.

— É só que eu realmente estava precisando de uma mudança — respondi, tentando defender minha decisão (aparentemente ruim).

— Bom, a cabeça é sua — a Susan disse e deu de ombros. Daí ela apontou com a cabeça para o capacete do exército que o David tinha me dado no ano passado, decorado com margaridas de corretivo, guardado em sua prateleira em cima do tanque. — Acho que não vai precisar mais dele.

E era verdade. Eu só usava aquilo porque o corvo de estimação da Susan, o Joe, que ficava solto pela sala durante as nossas aulas de desenho, tinha uma obsessão mórbida pelo meu cabelo ruivo, e com frequência mergulhava com tudo em cima da minha cabeça se eu não estivesse usando proteção. Olhei feio para o pássaro maldoso, imaginando se agora ele iria me deixar em paz.

Mas o Joe estava ocupado asseando as próprias penas no poleiro dele, sem prestar a mínima atenção em ninguém, muito menos em mim, com meu cabelo Ébano da Meia-Noite.

Oba! Deu certo! Não preciso mais me preocupar com o Joe.

— Eu achei que ficou bom — David disse, parecendo finalmente ter sido capaz de registrar alguma coisa que não fosse o jeito que meu peito ficava na minha camiseta nova.

— É mesmo? — perguntei, quase sem coragem de ficar otimista. Finalmente uma resposta positiva (de alguém que realmente viu; as palavras de alento da Catherine pelo telefone não contaram). — Não está muito, hum, Ashlee Simpson?

O David sacudiu a cabeça.

— De jeito nenhum — ele disse. — Está totalmente a cara da Enid de *Mundo Cão*.

Como esse era exatamente o visual que eu queria, fiquei toda radiante.

— Obrigada — eu disse. Ele realmente é o melhor namorado que já existiu. Apesar de ter uma leve obsessão pelo meu peito.

— Certo, pessoal — Susan disse, posicionando-se ao lado de uma plataforma baixa no meio da sala, que estava coberta com um pano de cetim de uma cor forte. — Bem-vindos à aula de desenho com modelo vivo. Como podem ver, temos alguns novatos hoje. Estes são David, Rob — ela apontou para o agente do Serviço Secreto do David — e Samantha.

Todo mundo balbuciou ois para nós. Não dava para saber quantas pessoas tinham reconhecido o David ou a mim da TV. Talvez ninguém tivesse reconhecido. Ou talvez todos. De qualquer maneira, todo mundo foi bacana, ninguém ficou encarando nem dando risadinha nem se comportando como a Família Johnson em Férias nem nada. Não que eu achasse que alguém faria isso, porque todo mundo era adulto, e artista, além do mais. A gente meio que espera que os artistas ajam com comedimento (uma palavra que cai nas provas e significa "moderação") e mais dignidade do que, digamos, adultos comuns e não artistas.

— Bom, então vamos começar. — A Susan chamou alguém que estava esperando no fundo da sala. — Terry? Estamos prontos para você, acho.

O Terry, um cara alto e magro com uns vinte anos, caminhou todo à vontade até a plataforma, usando um roupão e nada mais, por algum motivo. Achei que talvez fosse porque deveríamos fazer algum tipo de desenho clássico.

O que era legal, porque, ei, eu não sabia que a gente ia desenhar modelos *fantasiados*.

Eu sabia que aquilo seria muito mais desafiador do que desenhar uma fruta ou chifres de vaca. O roupão do Terry tinha uma estampa de cashmere que seria bem difícil de replicar. Principalmente nos lugares em que o material tinha dobras.

Não consegui ficar parada na cadeira de tanta ansiedade. Sei que só uma CDF ficaria animada com a possibilidade de desenhar estampa de cashmere. Mas eu sou CDF. Ou pelo menos é isso que meus colegas me informam quase todos os dias, quase toda vez que eu abro a boca na escola, mesmo que seja para proferir uma coisa inócua, como informar sobre o fato de que a Gwen Stefani escreveu a música "Simple Kind of Life" na noite anterior ao No Doubt gravá-la.

Daí o Terry subiu na plataforma elevada e eu vi que não ia ser nada difícil desenhar a estampa de cashmere do roupão dele, de jeito nenhum. Porque, assim que peguei meu lápis, o Terry desamarrou o cinto do roupão, que desabou em um montinho aos pés dele.

E por baixo ele estava... bom, completamente pelado.

As dez coisas que mais me chocaram na vida — falando de verdade, e muito sério:

10. A Gwen Stefani lançar um álbum solo. Tipo, acho que o trabalho é ótimo, não me entenda mal. Mas e o resto da banda? Eu me preocupo com eles, só isso. Menos o Tony, claro. Pois foi ele que a magoou.

9. Quando o casamento da J.Lo e do Ben foi cancelado. É sério. Eu achava que aqueles dois tinham sido feitos um para o outro. E que história foi aquela com o Marc Anthony? Ele é mais baixo que ela, certo? Não que haja algo de errado com isso. Mas ela escolheu o único cara que poderia levar um pau do P Diddy. E isso é simplesmente errado.

8. A Lindsay Lohan ser a protagonista daquele filme *Herbie: Meu Fusca Turbinado*. É sério. Por que alguém faz um remake desse tipo de filme? Como alguém pode achar que isso é boa ideia?

7. Ser aprovada em alemão I-II.

6. O Tito, filho da Theresa, entrar na escola técnica. E ser aprovado no primeiro semestre com notas altíssimas.

5. A visão da minha irmã Lucy lavando a própria roupa.

4. A Britney Spears se casar com aquele dançarino dela. Será que não aprendeu nada com a J.Lo?

3. A Kristen Parks ter me convidado para festa de dezesseis anos dela no parque de montanha-russa Six Flags Great Adventure (não que eu tenha ido).

2. Meu namorado ficar tão fixado no meu peito que nem notou meu novo cabelo.

E a coisa principal que mais me chocou na vida — falando de verdade, e muito sério:

1. Que o primeiro cara pelado que eu vi na vida tenha sido um desconhecido completo.

★2★

Certo, eu já vi isso antes. Caras pelados, quero dizer. Na TV. Em Nova York, quando vou lá para fazer coisas da ONU, tem um canal de acesso público inteiro que se dedica só a caras pelados.

E claro que já vi fotos do Davi de Michelangelo. Isso sem falar em todo o resto da arte clássica na National Gallery, que, sabe como é. A maior parte é só de nus.

E é claro que já vi meu pai pelado. Mas foi sem querer, nas diversas ocasiões que ele teve que sair todo molhado pela casa, xingando um monte, depois de sair do chuveiro só para descobrir que a Lucy tinha usado todas as toalhas para secar os suéteres de cashmere dela, ou sei lá o quê.

Mas o primeiro cara pelado que não é meu parente e que eu vi *ao vivo* e *em cores*? Nunca achei que seria alguém que eu tinha conhecido cinco minutos antes.

Para dizer a verdade, achei que o primeiro cara que eu veria pelado ao vivo e em cores desse jeito seria o meu namorado, o David.

Ou pelo menos era o que eu *esperava*. Cara, isso realmente não saiu como eu planejei.

Olhei ao redor para ver se alguém tinha ficado tão surpreso quanto eu de ver o Terry nu em pelo.

Mas todo mundo estava ocupado, desenhando enlouquecidamente. Até o David. Até o Rob.

Dá licença, mas que negócio é esse? Será que eu era a única pessoa sã na sala? Por que eu era a única que estava pensando: "Hum, acorda? Alguém reparou que tem um *cara pelado* ali? Ou será que sou só eu?"

Hum, parece que sim. Ninguém mais chegou a piscar um olho. As pessoas só pegaram o lápis e começaram a rabiscar.

Certo, eu com certeza deixei passar alguma coisa em algum ponto.

Sem saber o que mais eu podia fazer, fingi derrubar minha borracha, daí, quando me abaixei para pegar, dei uma olhadinha rápida no bloco de desenho do David e do Rob. Eu só queria ver se eles iam... sabe como é. Se eles iam desenhar todas as partes do Terry. Ou se talvez iriam deixar um espaço em branco em volta do "você sabe o quê". Porque talvez fosse o que deveríamos fazer. Eu não sabia. Eu não conseguia nem *falar* aquilo. Como é que eu iria *desenhar*?

No entanto, vi que tanto o David quanto o Rob não estavam se concentrando no "você sabe o quê" do Terry, mas os dois com certeza tinham deixado o contorno.

Então, obviamente, *eles* não tinham o menor problema em desenhar um cara qualquer pelado.

Mesmo assim, preciso admitir que fiquei bem incomodada com aquela coisa toda. Como foi que ninguém mais ficou? Talvez seja mais fácil desenhar se você tiver um. Sabe como é. O equipamento.

E qual era a qualificação do *Terry* para ser o pelado residente, aliás? Ele nem era bonito. Ele era meio magricela e não tinha tônus muscular digno de nota. Até tinha uma tatuagem de um coração com uma flecha no bíceps esquerdo. Ele se parecia muito com Jesus, na verdade, com cabelo loiro comprido e barba desgrenhada.

Só que eu não vi muitas imagens de Jesus *pelado*.

— Sam?

A Susan estava falando bem baixinho mesmo: ela tenta fazer com que as conversas não passem de um murmúrio durante a aula, fazendo com que a voz dela fique mais baixa que o rádio, que estava ligado em uma estação de música clássica tranquila.

Ainda assim, por mais baixinho que Susan tenha falado, eu tive um sobressalto. Porque a música clássica não era suficiente para me tranquilizar, no estado de hiperatenção ao cara pelado em que eu estava.

— O QUE FOI? — perguntei. Sem motivo nenhum, comecei a ficar vermelha. Isso, é claro, faz parte da maldição de ser ruiva. A tendência de corar por, tipo, absolutamente nenhuma razão. Dava para sentir minhas bochechas ficando cada vez mais quentes. Fiquei imaginando se com meu novo cabelo preto a vermelhidão do meu rosto continuaria tão perceptível quanto antes, no tempo em que as minhas bochechas ficavam da mesma cor da minha franja. Cheguei à conclusão de que talvez estivesse *mais* perceptível. O contraste, sabe como é, do preto com o rosa. Além do mais, minhas sobrancelhas continuavam ruivas. Só que eu tinha passado rímel preto nos cílios.

— Algum problema? Você não está desenhando — foi o que Susan disse baixinho, agachada ao lado do meu banco de desenho.

— Nenhum problema — me apressei em dizer. Talvez tenha respondido rápido demais, porque elevei a voz bastante, e o David olhou para o meu lado, sorriu de leve e então voltou para o desenho dele.

— Tem certeza? — A Susan deu uma olhada no Terry. — Seu ângulo aqui é maravilhoso. — Ela pegou um pedaço de carvão no saquinho à minha frente e fez um contorno tosco do Terry no meu bloco de desenho. — Realmente dá para enxergar bem o ligamento inguinal dele daqui. Essa é a linha do osso do quadril até a virilha. A do Terry é bem definida...

— Hum — sussurrei, toda desconfortável. Eu tinha que dizer alguma coisa. Eu *tinha* que. — É. Essa é exatamente a questão. Eu realmente não achava que ia ver o ligamento inguinal dele.

A Susan tirou os olhos do que tinha desenhado e mirou em mim. Deve ter reparado alguma coisa na minha expressão, porque os olhos dela se arregalaram e ela disse:

— Ah. AH.

Ela entendeu. Sobre o Terry, quero dizer.

— Mas... o que você achou que eu quis dizer, Sam — ela sussurrou —, quando perguntei se você gostaria de participar da minha aula de desenho com modelo vivo?

— Que eu iria desenhar coisas *vivas* — sussurrei em resposta. — Não um *cara pelado*.

— Mas é isso que desenho com modelo vivo significa — a Susan disse, com cara de quem está segurando um sorriso. — É importante para todos os artistas serem capazes de desenhar a forma humana, e isso é impossível se você não for capaz de enxergar os músculos e a estrutura do esqueleto por baixo da pele, escondidos sob as roupas. Desenho com modelo vivo sempre significou modelos nus, tanto que muitas vezes se diz "nu artístico".

— Bom, *agora* eu me dei conta disso — sussurrei.

— Ah, nossa — a Susan disse, agora já sem cara de quem estava segurando um sorriso. — Eu simplesmente achei... Realmente achei que você sabia.

Reparei que o David estava olhando para o nosso lado. Não queria que ele ficasse achando que havia alguma coisa de errado. A última coisa de que preciso é que meu namorado ache que eu me apavoro com a visão de um cara pelado.

— Tudo bem — eu disse, pegando meu lápis e motivando a Susan a se afastar e me deixar corar em paz. — Agora eu entendi. Está tudo bem.

Mas pareceu que a Susan Boone não acreditou em mim nem um pouco.

— Tem certeza? — ela quis saber. — Está tudo bem com você?

— Tudo joia — respondi.

Ai, meu Deus. Não acredito que eu disse joia. Não sei o que deu em mim. Vejo um cara pelado e só consigo pensar em dizer "tudo joia"?

Não sei como sobrevivi ao resto da aula. Tentei me concentrar em desenhar o que eu estava vendo, não o que eu já conhecia, do jeito que a Susan tinha me ensinado nas primeiras aulas que tive com ela. Eu continuava ciente de que estava desenhando um cara pelado, mas ajudou quando eu só vi uma linha indo para lá, e outra vindo para cá, e uma sombra aqui, e outra ali, e assim por diante. Ao desmembrar o Terry em tantos planos e vales, fui capaz de fazer um desenho realista e até meio bom (apesar de ser eu quem está dizendo) dele.

Quando, no fim da aula, a Susan pediu que colocássemos nossos blocos de desenho no peitoril da janela para que pudéssemos apreciar o trabalho um do outro, vi que o meu não estava nem melhor nem pior que o dos outros. Não dava, por exemplo, para dizer que meu desenho era o primeiro que eu fazia de um cara pelado.

Mas a Susan disse, no entanto, que eu não consegui fixar o assunto do meu desenho à página muito bem. E isso basicamente significa que eu simplesmente fiz um desenho do Terry flutuando por aí, sem nenhum tipo de fundo para lhe dar base.

— O que você desenhou aqui, Sam — ela disse —, é uma bela representação das partes. Mas você precisa pensar no desenho como um *todo*.

Mas eu não considerei tanto assim a crítica da Susan em relação à coisa da parte em relação ao todo, porque eu sabia que era um milagre eu ter conseguido desenhar qualquer coisa que fosse, levando em conta o enorme choque que ver um cara pelado causou em mim.

Para piorar as coisas, mais tarde, quando estávamos nos preparando para ir embora, o Terry chegou para mim e falou assim:

— Ei, eu gostei do seu desenho. Você não é aquela garota que salvou o presidente?

Felizmente, a essa altura ele já tinha vestido o jeans de novo, de modo que consegui olhar nos olhos dele e responder:

— Sou.

Ele assentiu e disse:

— Legal. Eu achei que fosse. Aquilo foi, sabe como é, corajoso. Mas, hum... o que você fez com seu cabelo?

— Eu só queria mudar — respondi, toda animada.

— Ah — o Terry disse, com cara de quem estava pensando sobre o assunto. — Certo. Bom, ficou legal.

O que não serve exatamente como elogio, pensando bem, visto que aquilo saiu de alguém que ganha a vida posando sem roupa nenhuma.

Ainda assim, acho que não me mostrei tão tranquila no estúdio como eu tinha achado, porque a caminho do carro (o David tinha me oferecido uma carona) ele perguntou, mal conseguindo segurar a risada na voz:

— Então, o que você achou do... ligamento inguinal do Terry?

Eu quase engasguei com a balinha Certs que tinha colocado na boca.

— Hum — eu disse. — Já vi maiores.

— Mesmo? — a risada desapareceu da voz do David. — A dele era bem, hum, pronunciada.

— Não tão grande quanto algumas que eu já vi — respondi, falando dos caras do canal de acesso público de Manhattan.

Daí, ao ver a expressão de surpresa no rosto do David, fiquei imaginando se ele sabia do que eu estava falando: dos caras que eu tinha visto na TV.

Além do mais, se estávamos mesmo falando de ligamentos inguinais.

— Só espero que, da próxima vez, seja uma modelo mulher — o Rob, o Agente do Serviço Secreto, disse, olhando com tristeza para o bloco de desenho dele. — Se não, vou ter que dar muitas explicações para o pessoal lá do escritório.

O David e eu demos risada (nervosa, no meu caso). Tipo, eu continuava meio chocada. Eu sei que, como artista e tudo o mais, eu deveria olhar para o corpo nu como isso exatamente: um corpo nu, o assunto da peça que eu estava criando.

Mas o negócio era que eu não conseguia parar de pensar no "você sabe o quê" do David, imaginando se era tão grande quanto o do Terry (provavelmente não, a julgar pela reação dele ao meu comentário sobre o ligamento inguinal).

E isso, é claro, fez com que eu ficasse imaginando se eu *queria* mesmo ver o "você sabe o quê" do David. Até hoje, eu tinha bastante certeza de que queria, sim. Sabe como é. Algum dia.

Agora já não tinha mais tanta certeza.

Claro que não tinha havido muita oportunidade de esse tipo de coisa acontecer entre a gente. Tentar encontrar um momento em particular com o filho do líder do mundo livre é a maior dificuldade, para dizer o mínimo. Principalmente porque sempre tem um cara com um foninho de ouvido por perto.

Mesmo assim, a gente fazia o que dava. Tinha a minha casa, claro. Meus pais têm uma regra a respeito de meninos no quarto: isto é, eles não têm permissão de entrar lá.

Mas meus pais nem sempre estão em casa. E a Theresa geralmente não fica em casa nos fins de semana. Quando todo mundo sai (vai a um dos jogos da Lucy, ou a uma das demonstrações de Qigong da Rebecca, ou sei lá o quê), o David e eu ocasionalmente temos oportunidade de dar uns beijos, e às vezes até mais que isso. No domingo passado, aliás, as coisas entre nós ficaram tão, digamos, *animadas* que nem ouvimos quando a porta da frente bateu. Só não fomos pegos em uma posição bem comprometedora porque o Manet, meu cachorro, desceu correndo do meu quarto para ver quem tinha chegado em casa mais cedo (a Rebecca, que alguém tinha deixado em casa depois de uma festa do pijama no Smithsonian).

Não que eu imagine que a Rebecca fosse se importar. Quando nós descemos a escada, fingindo que não estávamos fazendo nada além de lição de casa, ela só falou assim: "Vocês sabiam que as gorduras trans, como as encontradas nos biscoitos Oreo, só correspondem a meio por cento das calorias diárias dos europeus, enquanto correspondem à estimativa de dois vírgula seis na dos americanos, e esta é uma das razões por que os europeus são tão mais magros que os americanos, apesar de todo o queijo Brie que eles comem?"

O David e eu só podíamos ficar sozinhos alguns minutos quando ele me acompanhava do carro até a porta de casa, depois de me dar uma carona de algum lugar... mas só até a Theresa ou o meu pai ou a minha mãe perceberem que nós estávamos lá e começarem a acender e apagar a luz da varanda.

Vou dizer, é bem difícil quando seu namorado é filho do presidente.

Mas, bom, quando ele me acompanhou até a porta de casa na noite da nossa primeira aula de desenho com modelo vivo, o David me puxou para a sombra embaixo do chorão do jardim da minha casa (como era o costume dele) e me apertou contra o tronco enquanto me beijava.

Isso também era costume dele. E devo dizer: ambos os costumes me deixavam muito feliz.

Mas, naquela noite, eu estava meio alterada com a coisa toda do Terry pelado e não consegui bem, sabe como é. Entrar no clima.

Acho que o David percebeu, porque a certa altura ele levantou a cabeça e falou assim, como quem não quer nada:

— Você achou mesmo que o ligamento inguinal daquele cara era pequeno?

— Não — respondi, em tom de brincadeira com ele. — Você gostou mesmo do meu cabelo?

— Gostei — ele disse, retribuindo a brincadeira. — Mas eu gostei mesmo, de verdade, desta camiseta que você está usando. Quer ir comigo para Camp David no feriado de Ação de Graças? Pode ir se prometer levar esta camiseta.

— Certo — eu disse, então bati a cabeça no tronco da árvore quando fui erguer os olhos para olhar bem para ele. — Espera. O QUE você acabou de dizer?

— Ação de Graças — ele disse, com os lábios roçando a lateral do meu pescoço, subindo para a minha orelha direita. — Você já deve ter ouvido falar, tenho certeza. É um feriado nacional, tradicionalmente comemorado com a ingestão de grandes quantidades de peru e assistindo a um jogo de futebol americano na TV...

— Eu sei o que é Ação de Graças, David — respondi. — O que eu quis dizer, é: Camp David?

— Camp David é o refúgio presidencial oficial fora da Casa Branca, localizado no estado do Maryland...

— Para de zoar — eu disse. — Eu sei o que é Camp David. Como convenceu seus pais a deixarem você me convidar para ir para lá?

— Não precisei convencer — o David disse e deu de ombros. — Só perguntei se podia levar você, e eles disseram que sim, claro que sim. Mas confesso que foi antes.

— Antes do quê?

— Antes de eles virem o que você fez com seu cabelo. Mas tenho certeza que vão deixar você ir, mesmo assim. E aí? Quer ir?

— Está falando SÉRIO? — Não dava para acreditar que ele dizia aquilo em tom de piada. Porque aquilo era um grande passo. Era um passo *enorme*. Meu namorado estava me convidando para viajar com ele. Para passar a noite.

E, tudo bem, os pais dele iam estar lá e tudo o mais. Mas, mesmo assim, só podia significar uma coisa.

Será que não?

— Claro que estou falando sério — o David respondeu. — Vamos lá, Sharona. Vai ser divertido. Tem um monte de coisa para fazer lá. Andar a cavalo. Assistir a filmes. Jogar ludo.

Ludo? Será que era algum código esquisito de menino para sexo? Porque ele tinha que estar achando que iríamos fazer isso, certo? Tipo, transar? Não é isso que os casais que viajam um fim de semana juntos fazem?

— Nem me diga que não quer ir, Sharona — o David ia dizendo. — Eu sei que você quer.

Mas como? Como ele podia saber que eu queria? Será que eu estava passando alguma impressão sem me dar conta? Porque não tenho certeza se quero. Certo, às vezes eu tenho certeza de que quero, mas não a *maior parte* do tempo. E principalmente não agora, depois de ter sido obrigada a ficar três horas sentada olhando para um cara pelado.

— Você disse que a sua família sempre vai para a casa da sua avó em Baltimore no Dia de Ação de Graças — o David prosseguiu. — E que lá é totalmente chato. Certo? Então, cai fora. E vai comigo para Camp David.

O que eu podia dizer? Eu não sabia o que dizer!

— Meus pais NUNCA vão me deixar viajar com você.

É sério. Isso simplesmente saiu da minha boca. Não "não tenho certeza se já estou pronta, David" ou "você está falando o que eu acho que está falando, David, ou realmente quer dizer que jogar ludo é... jogar ludo?"

Não. Nada *dessas* coisas. Em vez disso, só falei que meus pais não iam deixar.

O que, na verdade, era uma espécie de pensamento reconfortante. Principalmente por ser verdade e tudo o mais.

— Claro que vão — o David respondeu, do jeito dele, sempre inabalável. — Você vai para CAMP DAVID. Você vai estar na companhia do PRESIDENTE e de toneladas de agentes do Serviço Secreto. Claro que seus pais vão deixar você ir. Além do mais, eles confiam em você. Ou pelo menos confiavam, antes de você fazer isso com seu cabelo.

— David. Não faz piada. Isso aqui é... — meu coração estava batendo meio rápido, e não só por causa do frisson. — Esse é um passo grande de verdade.

— Eu sei — ele disse. — Mas nós estamos juntos há mais de um ano. Acho que estamos prontos. Você não acha?

Prontos para quê? Um fim de semana inteiro juntos em Camp David, completo com peru e ludo? Ou sexo?

Ele tinha que estar falando de sexo. Tipo, nenhum cara convida uma menina para ir a Camp David com ele só para comer torta de abóbora e jogar jogos de tabuleiro, certo?

CERTO?

— Não sei, David — respondi, hesitante. — Acho... acho que vou ter que pensar sobre o assunto. Isso está acontecendo rápido demais.

Mas será que estava mesmo? De verdade? Levando em conta acontecimentos recentes no departamento da agarração? Será que "um fim de semana em Camp David" não era só o próximo passo natural?

— Vamos lá — ele disse, escorregando a mão pela minha camiseta. — Diz que vai.

Não é justo. Ele estava usando seus dedos extremamente talentosos para manipular minhas emoções. Ou, hum, não tanto minhas emoções quanto, hum, outras partes do meu corpo.

— Diz que você vai — ele sussurrou.

Eu só gostaria de registrar que é muito difícil saber qual é a coisa certa a dizer quando um menino está com a mão no seu sutiã.

— Eu vou — ouvi a mim mesma sussurrar em resposta.

Como é que eu me meto nessas coisas?

Sério?

Os dez lugares mais comuns para as pessoas perderem a virgindade:

10. *No banco de trás do carro dele,* como aconteceu com Diane Court em *Digam o que Quiserem* (mas, levando em conta que foi com o Lloyd Dobler, provavelmente não foi tão mal assim).

9. *Em um hotel depois do baile de formatura.* Este é o maior clichê. Tantas meninas acham que existe algo de romântico em perder a virgindade depois do baile de formatura... parece que elas nem percebem que o baile de formatura é só mais uma coisa que a turminha dos populares inventou para fazer as pessoas não populares se sentirem mal por não serem convidadas.

8. *Na cama dos seus pais enquanto eles passam o fim de semana fora.* Eca. ECA. É a cama dos seus pais, o lugar em que você (possivelmente) foi concebida. QUE NOJO.

7. *Na cama dos pais DELE enquanto eles passam o fim de semana fora.* E nem vai ser de matar de vergonha se a mãe dele por acaso encontrar sua calcinha da Hello Kitty embaixo dos lençóis dela.

6. *Em uma barraca durante um acampamento de verão.* Acorda. É uma barraca. TODO MUNDO PODE ESCUTAR.

5. *Em uma praia.* Areia. Entra em todo lugar.

4. *Em qualquer lugar ao ar livre.* Uma palavra: insetos.

3. *No quarto dele.* Hum, tudo bem, por acaso você já deu uma cheiradinha na meia dele? O quarto inteiro dele tem esse cheiro. É sério. Mesmo que ele more na Casa Branca. E ele não percebe. Não percebe mesmo. É como se as narinas dele tivessem se acostumado àquilo, do mesmo jeito que as suas se acostumam ao seu desodorante.

2. *No seu quarto.* Ah, é mesmo? Você vai Fazer Aquilo na frente da sua boneca de pano e do seu ursinho de pelúcia? Acho que não.

E o principal lugar mais comum para as pessoas perderem a virgindade:

1. *Camp David.* Bom, tudo bem. Talvez não seja o lugar onde a maior parte das pessoas perde a virgindade. Mas aparentemente é o lugar onde vou perder a minha.

★ 3 ★

O negócio é o seguinte: tenho um ás na manga (sei lá o que isso significa, mas é alguma coisa boa, de todo modo).

E o ás é a minha mãe e o meu pai.

Porque NÃO VAI TER JEITO de a minha mãe e o meu pai me deixarem faltar ao Dia de Ação de Graças na casa da minha avó para viajar com o meu namorado.

Nem que seja para Camp David.

Nem que seja com o presidente.

E isso significa que não vai ter sexo nenhum. Nem ludo, como o David parece chamar o ato.

Não vou fingir que estou muito aborrecida com isso. Sobre o fato de a minha mãe e o meu pai não me deixarem viajar com o David. Tipo, não tenho assim tanta certeza se eu *quero* ir. Bom, claro, tenho vontade de ir quando as mãos do David estão embaixo de diversas peças do meu vestuário...

Mas, no minuto em que deixam de estar, devo confessar, não fico completamente animada com a ideia.

Porque, vamos encarar, o sexo é um passo realmente enorme. Muda completamente a relação. Ou pelo menos é o que acontece nos livros que a Lucy gosta de ler, aqueles que ela deixa jogados perto da banheira, que eu de vez em quando pego para folhear quando estou sem algum Vonnegut ou algo do tipo. Nesses livros, sempre que a menina e o cara começam a Fazer Aquilo, acabou. É a *única* coisa que eles fazem. Tchauzinho para o cinema. Tchauzinho para sair para jantar. A única coisa que eles fazem quando estão juntos é... bom, Aquilo.

Talvez seja só um livro, e não a vida real. Mas como vou saber com certeza? É só que não estou pronta para isso.

Então, se (apesar de *quando* ser uma palavra mais adequada) a minha mãe e o meu pai disserem que não posso ir, não vai ser a pior coisa do mundo. Só estou dizendo.

Lancei a bomba no minuto em que voltei da aula de desenho com modelo vivo. Cheguei à conclusão de que, como a minha mãe e o meu pai simplesmente diriam não de qualquer jeito, eu poderia dispensar a coisa toda de fazer rodeios e ficar dando indiretinhas. E daí se eles disserem não? O David ia ter que aprender a conviver com a decepção.

Minha mãe e meu pai estavam sentados à mesa de jantar com a Lucy, que parecia moderadamente aborrecida, por alguma razão. Provavelmente o concorrente preferido dela em *American Idol* tinha sido eliminado ou algo assim.

— Mãe, pai — eu disse, interrompendo na cara dura, sem remorso nem introdução. — Posso ir para Camp David no feriado de Ação de Graças com, hum, o David — eu não tinha percebido, até dizer isso em voz alta, que o David tem o mesmo nome que a casa de campo presidencial. Que coisa es-

tranha, não é? Além do mais, soa idiota quando a gente fala
— e os pais dele?

— Claro que sim, querida — meu pai disse.

Foi minha mãe quem falou:

— Ai, meu Deus, Sam. O que você fez com o cabelo?

— Eu tingi — respondi. Enquanto isso, meu coração tinha parado de bater totalmente. — Como assim, *"claro que sim, querida"*, pai?

— É permanente? — minha mãe perguntou.

— Semi — respondi à minha mãe. — Está falando sério? — perguntei ao meu pai. — E a vovó?

— A vovó supera — meu pai disse. Então ele também ficou obcecado pelo meu cabelo. — O que você está tentando ser? — ele quis saber. — Uma daquelas personagens de mangás que você vive lendo?

— O que você está dizendo exatamente? Que eu posso ir?

— Ir para onde?

— Para Camp David. Com o David. Para passar o Dia de Ação de Graças. O *fim de semana* de Ação de Graças. PARA DORMIR LÁ.

— Não sei por que não poderia — a minha mãe disse. — Acredito que os pais dele vão estar lá, não? Bom, tudo bem. Da próxima vez que você quiser fazer algo desse tipo, Samantha, avise primeiro. Eu marco um horário com a minha colorista. Esses negócios que se compram em farmácia não podem ser muito bons para o cabelo.

E assim, sem mais nem menos, o assunto morreu. Os dois voltaram a prestar atenção na Lucy e seja lá qual fosse o problema dela... provavelmente devia ter treino de animadora de torcida na mesma hora da visita a alguma faculdade. Faz um tempinho que eles estão no pé dela para que faça uma lista menor das faculdades em que gostaria de estudar.

O que me deixa toda, tipo: Acordem! Estão lembrados de mim? Da sua outra filha? Aquela cujo namorado acabou de convidar para passar o fim de semana de Ação de Graças jogando *ludo* com ele? E vocês disseram que sim? Hã-hã, ESSA filha?

Não dava para acreditar. *Não dava para acreditar*. Meus pais me deixaram passar um fim de semana inteiro com meu namorado.

E, tudo bem, dá para ver por que eles concordaram, já que o pai dele é o presidente.

Mas só porque seu pai é o presidente, isso não significa que você vá querer jogar *ludo*. Quero dizer, será que eles tinham pensado nessa questão?

Parece que não. Meus pais são as pessoas mais sem noção da face da Terra.

E agora, graças a eles, parecia que eu ia passar o feriado de Ação de Graças em Camp David, para dar uma olhada ao vivo e em cores no ligamento inguinal do meu namorado.

Certo. Isso não está acontecendo.

No entanto, parece que está.

Eu ainda estava me recuperando do choque todo quando a Lucy apareceu à porta do meu quarto um pouco depois. Eu estava de fone (ouvindo *Tragic Kingdom*, na esperança de que a garantia de Gwen de que ela é "só uma garota no mundo" servisse para tranquilizar minha alma em frangalhos), então passei um minuto só olhando enquanto os lábios da Lucy se mexiam. Como ela não desistia nem ia embora, depois de um tempo tirei o fone e disse, com uma voz antipática o suficiente para dar um susto no meu cachorro, o Manet, e fazer com que acordasse da soneca dele:

— *O que foi?*

— Era exatamente o que eu estava perguntando — a Lucy respondeu. — Por que você está com essa cara de quem acabou de descobrir que o John Mayer morreu?

Porque, no mundo da Lucy, se o John Mayer morresse, as pessoas *enlouqueceriam*. E no *meu* mundo, o que aconteceria neste caso? Ninguém nem repararia.

"Hum, porque, neste ano, enquanto você estiver ajudando a vovó a acender as velas de peregrino dela em formato de John e Priscilla Smith, eu vou perder minha virgindade para o meu namorado de longa data em Camp David."

Isso era o que eu *queria* dizer a ela.

Mas, como não consigo deixar de pensar que não é muito prudente confiar na minha irmã, eu só disse a primeira coisa que me veio à mente, que foi:

— Não sei. Acho que só estou incomodada porque hoje eu vi o meu primeiro, hum, "você sabe o quê".

No mesmo instante, percebi que devia ter dito outra coisa. *Qualquer* outra coisa. Porque isso surtiu o efeito oposto do que eu desejava: que a Lucy fosse embora.

Em vez disso, ela entrou no meu quarto cheia de ímpeto, sem nem olhar por onde andava e derrubando meus bonecos de *Hellboy*, que eu tinha arrumado em uma cena em cima da minha penteadeira para mostrar o momento em que a Liz vai para a mesa de sacrifício.

— É mesmo? — a Lucy perguntou, toda ansiosa. — O do David? Como assim? Ele simplesmente colocou para fora quando estava dando um beijo de boa-noite em você agorinha mesmo? Que nojo. Detesto quando fazem isso.

— Hum, não — respondi, um tanto estupefata. Os meninos *fazem* mesmo isso? O David com certeza nunca fez. Mas talvez seja só porque ele é educado demais.

Mas parecia que isso tinha acontecido *várias vezes* com a minha irmã. E ela supostamente tem um namorado firme! E, tudo bem, ele está longe, na faculdade, mas, mesmo assim. O que será que acontece naquelas festas que ela frequenta? Nas festas na casa das pessoas populares? Não é para menos que a Kris Parks abraçou a Caminho Certo com tanto vigor. Ela provavelmente ficou afetada psicologicamente por ver um monte de meninos colocando "você sabe o quê" para fora na frente dela.

— Foi o de um cara chamado Terry — expliquei. — Ele é um modelo de nu artístico que a Susan Boone nos fez desenhar.

Parece que a Lucy não se convenceu de que isso era melhor do que o David ter colocado o dele para fora.

— Eca! — ela disse. — Você viu o pênis de algum modelo nojento antes de ver o do seu próprio namorado! Que doença!

Levando em conta que essa era exatamente a maneira como eu estava me sentindo algumas horas antes, era engraçado eu me ouvir responder:

— É, bom, esse é o objetivo da aula de desenho com modelo vivo. Porque não dá para aprender a desenhar o corpo humano se as roupas estiverem cobrindo os músculos e a estrutura do esqueleto.

E aí (não faço a menor ideia de por que fiz isso), percebi que comecei a fazer confidências a ela.

Eu sei. Fiz confidências à *Lucy*. Eu devia estar fora de mim. Obviamente, a Dauntra, da Videolocadora Potomac, que é superlegal, seria a pessoa lógica a quem recorrer em busca de orientações. Mas não. Eu tinha que abrir a boca e contar tudo para a minha irmã Lucy. Parecia que a minha boca tinha começado a se mexer sozinha, sem qualquer interferência do meu cérebro.

— Mas isso não é tudo — ouvi a mim mesma dizer, para meu pavor. — Olha só: o David me convidou para ir a Camp David com ele.

— É, eu sei — a Lucy respondeu. — Eu estava lá quando a mamãe e o papai disseram que você podia ir, está lembrada? Coitadinha. Que chatice, hein? Ele não podia levar você ao shopping, igual a qualquer namorado normal?

Esta era a oportunidade perfeita para eu deixar o assunto para lá. Bom, levando em conta que a Lucy obviamente não estava entendendo nenhuma palavra do que eu dizia.

Mas não. Minha boca simplesmente continuou falando.

— Lucy — eu disse. — Acho que você não está entendendo. *O David me convidou para passar o fim de semana com ele em Camp David.*

— Hum — a Lucy respondeu. — É, eu sei. Você já falou isso. E eu repito: eca, que chatice. O que tem para fazer em Camp David? Andar a cavalo? Jogar pedras em um lago qualquer? Acho que vocês dois podiam pintar, já que vocês gostam tanto disso. Mas vai ser ainda mais chato que na casa da vovó. Tipo, até parece que tem alguma loja boa lá por perto.

— Lucy — eu disse, mais uma vez. Não dava para acreditar que ela não estava entendendo. E não dava para acreditar que eu continuava tentando fazer com que ela entendesse. O que eu estava *fazendo*? Por que estava contando para ela? — O David me convidou para viajar com ele. *Para passar o fim de semana.* E a mamãe e o papai deixaram.

A Lucy deu uma fungada.

— É, eu reparei. Sabe como é, você tem sorte de eles gostarem tanto assim dele. Do seu namorado. Eles nunca me deixariam passar o fim de semana com o Jack. Mas, bom, é claro que os pais do David vão estar lá.

— É — eu disse. Não estava adiantando nada. Ela nunca iria entender.

E por que deveria entender? No mundo da Lucy, as pessoas como eu (e vamos ser sinceros, como o David) simplesmente não, bem, Fazem Aquilo. A ideia de que CDFs possivelmente tenham hormônios também era totalmente alheia à Lucy.

Ou pelo menos era o que eu achava. Eu já tinha basicamente desistido da coisa toda e estava pensando comigo mesma: *Bom, na verdade, isso é BOM, porque eu não queria mesmo que ela soubesse*, quando a Lucy de repente agarrou meu braço, e os olhos contornados de Lancôme se arregalaram e ela falou assim:

— Ai, meu Deus. Você não está dizendo... Ai, meu Deus. Você e o David? E em CAMP DAVID?

E pronto. Ela entendeu.

Foi estranho, mas, na verdade, eu senti um certo alívio. Fiquei acanhada, mas foi um alívio. Não me pergunte por quê.

— Que outro lugar você sugeriria? — perguntei a ela em tom de sarcasmo, para disfarçar minha total humilhação. — Embaixo da arquibancada?

— Eca — a Lucy disse. — Com todo aquele chiclete mascado que as pessoas cospem? Não. — Ela tinha se jogado na minha cama, e cutucou o Manet, que estava largado em cima do meu edredom, para abrir lugar para ela, e ficou lá sentada, com uma cara meio assustada. — Este realmente é um grande passo, Sam. Tem certeza que você está pronta?

— Uma parte de mim está — ouvi a mim mesma confessar. — E outra parte não está. Tipo, uma parte de mim quer mesmo, mesmo, e outra parte...

— ...está morrendo de medo — a Lucy concluiu para mim. — Bom, não fique assim. Só faça questão de usar dois métodos de contracepção — ela prosseguiu, no mesmo tom mandão que sempre usa para me dizer para não usar tênis de cano alto com saia, senão minhas pernas parecem gordas. — Ele tem que usar camisinha, e você tem que ter um método de segurança, só para garantir. Você precisa tomar pílula no primeiro domingo da sua menstruação, e você acabou de ficar menstruada na semana passada, então, mesmo que você vá à clínica de Planejamento Familiar amanhã, não vai adiantar nada para o feriado de Ação de Graças. Sugiro espuma espermicida.

Eu só fiquei olhando para ela. Com o queixo caído, tenho bastante certeza.

Mas parece que a Lucy não reparou no meu choque.

— Não compre o gel em nenhuma farmácia do bairro — ela prosseguiu, enérgica. — Alguém que a gente conhece pode ver você. E daí todo mundo vai ficar comentando na escola... e, no seu caso, no noticiário da noite. Você provavelmente vai ser reconhecida. Meu Deus, ter salvado o pai do David foi a pior coisa que você fez na vida; tipo, você não pode fazer *nada* sem que o mundo inteiro se meta na sua vida. Nem com esse cabelo. Ainda dá para ver que é *você*. Só que é você com um cabelo preto idiota. Olha, quer que eu compre para você?

Só fiquei olhando para ela mais um pouco. Sinceramente, parecia que eu até estava entendendo as palavras que saíam da boca de Lucy. Simplesmente não dava para acreditar que ela estava *dizendo* aquilo.

— Você não pode ficar esperando que o menino dê conta dessas coisas, Sam — a Lucy disse; acho que ela estava confundindo meu silêncio estupefato com indignação por ela estar enfiando o nariz na minha vida. — Nem se for um menino igual ao David, que estuda em uma escola de gênios. Claro que ele vai pegar umas camisinhas. Mas as camisinhas furam. Às vezes, saem. Antes do momento certo, se é que você me entende. Você precisa ser... como chama mesmo?

Proativa? Amanhã, depois da aula, eu compro alguma coisa para você. É fácil usar espuma espermicida, você enfia o aplicador igual a um absorvente interno e coloca lá dentro. Acho que você não vai ter problema.

— Urgh — foi a única coisa que saiu da minha boca, devido ao meu estado de choque total.

A Lucy deu uns tapinhas na minha cabeça. É sério. *Ela deu uns tapinhas na minha cabeça.* Como se eu fosse o Manet.

— Não se preocupe — ela disse. — Para que servem as irmãs? Aliás, acho que você está fazendo a coisa certa. Vocês dois estão juntos há um tempão, e o David é ótimo, apesar de ele ser, sabe como é, meio esquisito. Que negócio é aquele de só usar camiseta de bandas dos anos oitenta? E a coisa toda da arte é a maior chatice. Mas, também, até parece que ele tem escolha. Se ele tentasse fugir disso, nem que fosse um pouquinho, a notícia ia tomar conta da revista *Teen People*. E quem precisa disso?

— Mas... — eu estava contente por pelo menos ter retomado a capacidade de formular palavras. Infelizmente, acho que eu não estava conseguindo juntá-las em uma frase coesa. — Mas você não... e a... Kris?

A Lucy ficou olhando para mim sem entender nada.

— Que Kris?

— Hum. A Parks.

Nem venha me perguntar por que *ela* apareceu na minha cabeça naquele momento específico.

— O que ELA tem a ver com isso? — a Lucy quis saber, torcendo seu nariz perfeito.

— Bom — eu respondi —, é só que... Tipo, você não acha que o David e eu deveríamos, hum, esperar?

— Esperar? Esperar o quê? — a Lucy parecia realmente confusa.

— Bom, tipo... sabe como é. — Eu me remexi, desconfortável. — Hum. Até o casamento?

Os olhos da Lucy ficaram muito grandes.

— Ai, meu Deus — ela disse. — O que aconteceu? Você tingiu o cabelo e de repente virou santinha?

— Não. — Agora eu estava me sentindo ainda *mais* desconfortável. — É só que, sabe como é. O fator-galinha e tudo o mais.

A Lucy assumiu uma expressão confusa.

— Desde quando transar com o namorado transforma alguém em galinha?

— Bom — eu disse, pigarreando para limpar a garganta, que de repente pareceu toda encatarrada. — Sabe como é. A Kris. E, hum, a Caminho Certo..."

A Lucy deu uma risada, como se essa tivesse sido a coisa mais hilária que já tinha ouvido.

— Você só precisa se preocupar com o Caminho Certo para VOCÊ, Sam.

Então ela se levantou e disse:

— Bom, foi legal ter tido essa conversinha sobre sexo com você, mas agora preciso ir andando. A mamãe e o papai receberam minhas notas nas provas, e não diria que eles estão exatamente satisfeitos. Eles falaram que eu vou ter que fazer a prova de novo. Ah, e olha só isso: vou ter que arrumar

um professor particular. *E* eles estão ameaçando me obrigar a parar com a animação de torcida para eu ter tempo de estudar. Dá para acreditar? — Ela sacudiu a cabeça, tristonha.
— Até parece que o resultado faz diferença, pois eu quero ser estilista de moda. Ninguém precisa de notas boas para *isso*. Só de um estágio decente com o Marc Jacobs. Mas, bom, preciso ligar para todo mundo que eu conheço para contar como a mamãe e o papai querem acabar completamente com a minha vida. A gente se fala.

Então foi para o quarto dela, antes que eu tivesse chance de dizer qualquer coisa.

E, também, bem quando eu tinha *pensado* em algumas palavras para dizer. Porque, de repente, eu tinha algumas perguntas a fazer a ela, tipo, qual é o tamanho médio do "você sabe o quê" quando, sabe como é, está em seu estado inflado?

E por quanto tempo a espuma fica lá depois que você, sabe como é, Faz Aquilo?

Mas, aí, pensei que um passo a passo da primeira vez da Lucy com o Jack seria um pouco demais para mim, principalmente levando em conta que eu, assim como quase todo mundo da minha família, não tinha muita simpatia pelo Jack. Agora ele está um pouco mais tolerável, desde que foi para a faculdade em outra cidade e não fica mais o tempo todo aqui discorrendo suas teorias a respeito de como as pessoas se aproveitam dos artistas e como eles são incompreendidos pelo resto do mundo.

E isso, admito, em um momento da minha vida, realmente me pareceu bem intrigante.

Mas aquele foi um período negro da minha existência, do qual eu nem gosto de me lembrar. Não agora, que estou apaixonada pelo David, que nunca diz coisas como: "O sistema está me podando" e "A sociedade deve um alto salário aos artistas".

E essa é uma das muitas razões por que eu o amo... e o fato de ele ficar tão entusiasmado com meu visual com uma camiseta da Nike também ajuda.

Só fico aqui me perguntando se eu o amo o bastante para permitir que me veja sem ela.

As dez principais razões por que a vida da minha irmã Lucy é muito mais fácil que a minha:

10. Por ter salvado o presidente e tudo o mais, eu sou uma celebridade; então, cada vez que faço uma coisa idiota de verdade (como ir para a escola com a camisa do lado do avesso, como eu faço ocasionalmente, quando me visto antes de colocar cafeína suficiente no meu corpo para me acordar totalmente), posso ter certeza que vai sair uma foto na revista *People* ou na *Us Weekly* (Celebridades: Elas são Iguaizinhas a nós!).

9. A Lucy pode ter bombado nas provas, mas nunca faz uma coisa tão idiota quanto vestir a camisa do lado do avesso, então, mesmo que ela *tivesse* salvado o presidente e fosse uma celebridade nacional, nunca haveria fotos dela com cara de boba em lugar nenhum. Porque isso nunca aconteceria com ela. Ela sempre está com o visual perfeito, em qualquer lugar a que vai, por mais cedo que seja.

8. Ela namora um rebelde adolescente que tem uma moto, apesar de ela não ter permissão para andar com ele, e faz coisas bacanas como ir à estreia de uma performance artística com uma banda punk jogando pedaços de carne crua em uma tela onde se projetam várias imagens

de líderes mundiais. Eu, por minha vez, namoro o filho do presidente, de modo que faço coisas divertidas como ir à noite de estreia da ópera *Tosca* no Kennedy Center com os diversos líderes mundiais propriamente ditos, o que não é, nem de longe, tão divertido.

7. Quando a minha foto sai na *Us Weekly* quase toda semana, usando camisa do lado do avesso ou algo assim, geralmente é bem do lado da Mary-Kate e da Ashley. Se a Lucy fosse uma celebridade, em vez de mim, pode acreditar que a foto dela sairia ao lado de alguém bem mais legal, como a Gwen Stefani.

6. Toneladas de estilistas me mandam roupas grátis e imploram que eu as use, no lugar das camisas do avesso, para que as roupas deles saiam na *Us Weekly*. Só que, é claro, preciso devolver a maior parte delas, porque meus pais não me deixam usar bustiê de couro e, também, diferentemente da Lucy, eu não tenho peito para segurar um bustiê. A Lucy certamente ia poder ficar com essas roupas.

5. Parece que meu namorado chama sexo de ludo. Não sei como o namorado da Lucy chama isso. Mas imagino que não seja assim.

4. A Lucy consegue fazer conta de cabeça. Ah, e sabe dar voleio. Eu só sei desenhar um cara pelado. Ah, e parece que nem isso eu faço direito, já que me concentro nas partes, e não no todo.

3. A minha mãe e meu pai gostam totalmente do meu namorado (e confiam nele). O namorado da Lucy? Nem tanto. Por isso, eles passam horas discutindo com ela a respeito dele, dizendo que ela poderia arrumar coisa melhor etc. Minha mãe e meu pai basicamente me ignoram.

2. Eu só tenho uma amiga: minha melhor amiga, a Catherine, que é fofa e sensível, e nem posso falar para ela sobre a possibilidade de meu namorado querer transar comigo no feriado de Ação de Graças porque isso a deixaria completamente apavorada, já que ela nem tem mais namorado (a menos que se conte o do Qatar, mas eu não conto), enquanto a Lucy tem nove milhões de amigas para quem ela pode contar qualquer coisa, porque elas são completamente superficiais e desprovidas de emoção. Como se fossem ciborgues.

E a razão principal por que a vida da minha irmã Lucy é muito mais fácil que a minha:

1. É óbvio que ela já perdeu a virgindade e não se preocupa mais com isso, e que para ela realmente não foi nada de mais. Mas, para mim, este é um acontecimento *importantíssimo*, e isso significa que eu provavelmente vou ficar com ela (a minha virgindade) até chegar à casa dos trinta anos ou até morrer — o que acontecer primeiro.

★ 4 ★

— *Espera*, então, como era? — a Catherine quis saber.

Não dava para acreditar que ela estava tão curiosa. Bom, dava *sim*. Mas também não dava. Porque eu realmente não queria falar sobre aquele assunto.

— Era igual a um pênis — respondi. — O que você acha? Tipo, você já viu isso antes. Disse que costumava nadar pelada no lago com seus irmãos quando era pequena.

— É, claro que sim — a Catherine respondeu. — Mas isso foi antes de eles ficarem com, sabe como é. Pelos naquele lugar.

— Certo — respondi. — Que nojo.

— Bom, é verdade. Mas falando sério. De que tamanho era?

Eu estava começando a me arrepender de ter tocado no assunto. Só tinha feito isso porque ela tinha perguntado como tinha sido minha aula de desenho com modelo vivo. Achei que seria bom compartilhar com ela o verdadeiro significado por trás das palavras "desenho com modelo vivo".

Agora, gostaria de não ter compartilhado.

— Era normal, acho — respondi. — Até parece que eu tenho muita experiência nesse departamento.

— Ainda bem que eu não tenho um desses — a Catherine disse, mexendo delicadamente os ombros. — Dá para imaginar ter uma coisa dessas balançando o tempo todo? Como é que eles fazem para andar de bicicleta?

— Sam? — Pode deixar por conta da Kris Parks escolher aquele momento, entre todos os momentos do mundo, para se esgueirar até o nosso lado na fila do almoço e falar assim:
— Tem um minuto?

A Kris não é exatamente minha pessoa preferida. E, até eu me tornar uma semicelebridade, o sentimento era mútuo.

Mas aí eu apareci no noticiário das seis da tarde algumas vezes, e a Kris resolveu que eu era a nova melhor amiga dela. Acho que o fato de eu namorar o filho do presidente se sobrepõe ao fato de eu não ter nenhuma sapatilha da Lilly Pulitzer. E isso, no manual da Kris, faz com que alguém se torne um daqueles intocáveis que a Rebecca e eu vimos no *National Geographic Explorer*.

— Olha, eu estava aqui pensando se podemos contar com a sua ajuda para arrumar o ginásio na semana que vem — a Kris disse com um sorrisinho empolado (uma palavra que significa "sem naturalidade, afetado"). — Sabe como é, para a assembleia...

— Ah, claro — respondi, para que ela fosse embora logo.

— Bacana — a Kris disse. Era a cara dela dizer algo como "bacana". Era quase tão ruim quanto eu dizer "tudo belezura" ao ver meu primeiro "você sabe o quê". — Nós realmente vamos precisar de ajuda. Até agora, as únicas pessoas que se ofereceram são, sabe como é, os integrantes do conselho estu-

dantil. E os da Caminho Certo, claro. Realmente, é uma vergonha. Quero dizer, o presidente vem anunciar um programa novo tão importante aqui na nossa escola, e a maior parte dos alunos se mostra totalmente apática em relação ao assunto. Realmente espero que o presidente não fique achando que somos todos assim. Realmente quero causar boa impressão na frente dele. E do Random Alvarez. Ele é o maior gostoso... — então ela deu uma boa olhada na minha cabeça. — O que aconteceu com seu... — ela parou a frase no meio e mordeu o lábio.
— Deixa para lá.
— Com o meu cabelo? — ergui a mão para passar os dedos nele. — Eu tingi. Por quê? Não gostou?
Eu sabia que a Kris não tinha gostado do meu cabelo. Meninas arrumadinhas como a Kris não se ligam em Ébano da Meia-Noite. Eu só queria torturá-la, por pura diversão.
— Ah, não, ficou mesmo ótimo. — Parecia que a Kris tinha se recuperado. — É permanente?
— Semi — respondi. — Por quê?
— Por nada — a Kris disse, com um sorriso aberto. — Está excelente!
Eu sabia que a Kris estava mentindo, e não só porque os lábios dela se moviam. Eu tinha me examinado com muita atenção e objetividade na frente do espelho do banheiro naquela manhã mesmo, e agora sabia que a Lucy estava certa: meu novo cabelo preto tinha me deixado com cara de idiota. Talvez não tivesse ficado tão ruim se eu tivesse tingido as sobrancelhas para combinar.

Mas eu não tinha feito aquilo como afirmação de moda, e sim como uma afirmação de *afirmação*... sendo que a afirmação era a seguinte: "Dê tchauzinho para a Samantha Madison que é ruiva, anda toda arrumadinha e salva a vida do presidente, e dê oizinho para a Sam que desenha homens pelados e que logo não será mais virgem".

Claro que o fato de eu ter tingido o cabelo *antes* da minha primeira aula de desenho com modelo vivo e depois ter resolvido me livrar da minha virgindade (possivelmente) era só um símbolo de como eu tinha me afastado do meu eu ruivo pré-tingimento.

— Essa iniciativa do programa Retorno à Família do presidente — a Kris prosseguiu, fazendo muita questão de ignorar meu cabelo. — Espero que você diga a ele como todos nós aqui da Escola Adams estamos animados, e que nós o apoiamos cento e dez por cento. A família é a coisa mais importante que existe.

— É — respondi. — Bom, quem é que não apoia a família? — foi o que eu disse. Mas, dentro da minha cabeça, eu pensava: *Por que você não morre, Kris Parks? Por quê?*

— Quem sabe você não se interessa em participar de uma reunião da Caminho Certo uma hora dessas? — a Kris olhou para a Catherine, como se tivesse acabado de perceber que eu não estava ali sozinha. — Você a e a sua, hum, amiga.

A Kris sabe perfeitamente bem qual é o nome da Catherine. Ela só estava se portando como o que realmente é: uma hiperesnobe toda empolgadinha.

Algo que ela ilustrou um segundo depois, ao dizer, quando uma menina vestida com o uniforme da equipe de dança da Escola Adams passou por nós com sua saiazinha roxa esvoaçante:

— Ai, meu Deus, você soube da Debra Mullins? Parece que ela ficou com o Jeff Rothberg embaixo das arquibancadas depois do jogo contra a Trinity na semana passada. Ela é a maior galinha. — Então completou, toda animada, para mim: — Bom, a gente se vê no ginásio na segunda-feira!

— Ah, nós vamos, com certeza! — eu disse, só para fazer a Kris ir embora.

Deu certo. Ela nos deixou e pudemos pedir nossos hambúrgueres com queijo duplo em paz.

— Meu Deus, eu odeio essa menina — a Catherine disse.

— Nem me fale.

— Não, quero dizer, eu *realmente* odeio essa menina.

— Bem-vinda ao meu mundo.

— É, mas pelo menos ela puxa o seu saco. Por causa do David. Ela nunca chamaria você de galinha. Tipo, se você e o David algum dia, sabe como é, ficarem, ficarem. E se ela descobrir. — Aí, a Catherine completou, com uma risada: — Até parece que isso vai acontecer algum dia.

Eu não sabia o que a Catherine considerava mais improvável: a perspectiva de o David e eu algum dia transando ou de a Kris ficar sabendo. Eu é que não ia dizer a ela que a primeira opção estava mais iminente (uma palavra que cai na prova e significa "que ameaça ocorrer imediatamente; próximo") do que ela podia imaginar. Não por eu não confiar nela para guardar um segredo. Eu confiaria a minha vida à Catherine.

Era só que eu ainda não sabia muito bem o que ia fazer. A respeito do Dia de Ação de Graças. Eu não tinha tido a oportunidade de dizer ao David que minha mãe e o meu pai realmente tinham dito que sim, eu podia passar o fim de semana com ele em Camp David.

E eu ainda estava meio brava com aquilo. Por eles terem dito que sim, quero dizer. Era tão *óbvio* que só tinham dito sim porque estavam distraídos com a Lucy e a nota dela. Deus me livre que minha mãe e meu pai sejam capazes de prestar atenção em mim uma única vez. Como sempre, a filha do meio estava se dando mal no que diz respeito à atenção no lar dos Madison.

Mas também acho que não posso culpar *totalmente* a Lucy por eles terem dito sim. A verdade é que meus pais têm a percepção de que eu sou a Filha Boa. Sabe como é, aquela que, sim, pode até tingir o cabelo de preto, mas que em última instância vai se jogar em cima de um assassino para salvar o presidente. Ninguém se preocupa demais com uma menina assim. Uma menina dessas nunca faria algo tão repreensível quanto ir para a cama com o namorado no feriado de Ação de Graças.

Seria bem feito para os meus pais se eu me tornasse mãe adolescente e solteira.

Ainda assim, eu não mencionaria nada disso à Catherine. Ela já tem coisa demais na cabeça, com a mãe que não a deixa ir de calça para a escola (falando sério, ela tem que usar saia abaixo do joelho, até em educação física) e todas as piadas que ela escuta por causa disso. Eu é que não vou fazer a Catherine ficar ainda mais preocupada com o fato de que sua melhor amiga está prestes a perder seu grande V.

Além do mais, isso não é da conta de ninguém, de verdade. De ninguém além de mim mesma.

— Uau — a Dauntra disse quando entrei pela porta na Videolocadora Potomac só com um minuto de antecedência antes de o meu turno de depois da escola começar. — Você realmente fez isso!

No começo, eu não sabia do que ela estava falando. Achei que estava comentando que eu tinha resolvido transar com o meu namorado, e fiquei me perguntando como ela sabia. Principalmente porque eu não tinha me decidido a nada. Ainda.

Aí, me lembrei do cabelo.

— É — respondi. Preciso confessar que a reação dela (que de fato foi de admiração) depois de todos os *O que você fez com o seu cabelo?* na escola foi realmente gratificante. Na Videolocadora Potomac (assim como acontece na minha casa), sou considerada uma boa menina. Quero dizer, sou a menina que salvou o presidente, a menina que não precisa de 6,75 dólares por hora para pagar a creche do filho nem nada assim. Aqui, sou considerada uma espécie de aberração.

Até, é claro, eu ter tingido o cabelo. Aí eu fiquei legal.

Era o que eu esperava que acontecesse.

Porque os atendentes da Videolocadora Potomac são legais *demais*.

Principalmente a Dauntra, com quem, ao lado do Stan, o gerente da noite, eu trabalho nas sextas à noite. O lema dela (que está colado na porta de seu armário): *Questione a autoridade*. O filme preferido dela: *Laranja Mecânica*. O partido político dela: não o mesmo do pai do David. Aliás, uma das primeiras coisas que ela me perguntou quando a gente se conheceu foi: "Você já pensou que, se simplesmente tivesse deixado o cara atirar nele, podia ter evitado muita tristeza para todos nós?"

E ao passo que isso pode até ser verdade, não acredito que a própria Dauntra seria capaz de ficar lá só olhando uma pessoa apontar um revólver para outra, por mais diferentes que as suas visões políticas pudessem ser das da pessoa em questão. Principalmente, como eu ressaltei para ela, levando em conta que, por mais que as pessoas não gostem do presidente (e a julgar pelas últimas pesquisas de opinião, as pessoas realmente não gostavam nadinha dele), eu conhecia alguém que o amava muito. Especificamente, o meu namorado, o David. Por mais que ele discordasse de algumas das coisas que o pai tivesse feito em seu governo, o afeto do David por ele nunca se abalou.

E por essa razão (isso sem mencionar o fato que eu realmente não tinha escolha em relação ao assunto. Eu não tinha exatamente agido, mas sim *reagido*) eu ficava feliz por ter feito o que fiz.

— Ah, *disso* — Dauntra disse em tom de aprovação, apontando com o queixo para o meu cabelo — é que eu gosto.

— Você gostou? — Joguei minha mochila no meu armário de funcionária. Mais tarde, quando eu for embora, o Stan vai examiná-la para se assegurar que não afanei nenhum DVD. Apesar de eu ser a boazinha da loja, aqui se examina a bolsa de todo mundo na saída. Até a minha. É assim que as coisas funcionam na Videolocadora Potomac.

Apesar de certos funcionários estarem tentando mudar a situação.

— Amei o preto — a Dauntra disse. — Parece que seu rosto ficou mais magro.

— Não sei se a minha intenção era ficar com o rosto magro — respondi. — Mas, obrigada.

— Você sabe do que estou falando. — A Dauntra, cujo cabelo tem dois tons, Ébano da Meia-Noite e Flamingo Cor-de-Rosa, ficou mexendo no piercing da sobrancelha. — O que seus pais disseram? Eles ficaram loucos da vida?

— Na verdade, não — respondi, abaixando para entrar atrás do balcão. — Aliás, eles mal notaram.

A Dauntra emitiu um som de desgosto.

— Meu Deus, o que, afinal, você precisa fazer para chamar a atenção deles? — ela quis saber. — Ter um bebê no dia do baile de formatura?

— Hum — eu disse, engasgando um pouco com o refrigerante Dr. Pepper diet que eu tinha comprado na lojinha de conveniência ao lado antes do meu turno. Porque, sabe como é, levando em conta os últimos acontecimentos, eu ter um bebê no dia do baile de formatura não está *totalmente* fora dos domínios do possível. — É. Ha. Isso provavelmente iria funcionar. Mas, sabe como é, ficar na moita tem lá suas vantagens. Neste momento, eles não largam do pé da Lucy, por causa da nota dela.

A cara de nojo da Dauntra se aprofundou.

— Quando é que as pessoas vão entender que aquela prova idiota não vale nada? O que isso mede? Quanta atenção à aula você prestou ao longo da última década da sua vida? Faça-me o favor. Até parece que isso é capaz de dizer a qualquer processo seletivo de faculdade que você vai se dar bem ou mal nos próximos quatro anos em que estiver estudando lá.

A Dauntra, que foi expulsa da casa dos pais na noite seguinte depois de completar dezesseis anos e colocar um piercing na sobrancelha (e arrumar um namorado de vinte anos), no momento estuda design gráfico na faculdade comunitária. Ela largou o namorado, mas ficou com o piercing, se recusou a fazer a prova e não se matriculou em nenhuma faculdade que exigisse isso.

A Dauntra tem muitas opiniões desse tipo. Eu realmente acho que, nesse aspecto, ela e o namorado da Lucy, o Jack, têm muitas coisas em comum.

— Então, o que seus pais fizeram? — a Dauntra quis saber. — Com a sua irmã?

— Ah — respondi. — Vão obrigá-la a ter aulas particulares. E ela vai ter que treinar menos o negócio de animação de torcida por causa disso da aula particular.

— Típico — a Dauntra respondeu. — Tipo, eles entrando de cabeça em toda essa falácia doentia de quem acha que essas notas valem alguma coisa. Mas, se isso significa que a sua irmã vai passar menos tempo de minissaia, menosprezando a causa feminista, então acho que é algo bom.

— Total — respondi.

Pensei em perguntar à Dauntra o que ela achava que eu devia fazer a respeito do David e da coisa toda do feriado de Ação de Graças. Ela tem mais experiência que eu (e provavelmente do que a Lucy, também). Achei que o conselho de uma mulher rodada como a Dauntra poderia realmente ser valioso, além de sábio.

Só que eu realmente não conseguia pensar em uma maneira de tocar no assunto, sabe como é? Tipo, será que eu simplesmente devia dizer: "Ei, Dauntra. Meu namorado me convidou para passar o feriado de Ação de Graças com ele em Camp David, e você sabe o que isso significa. Será que eu respondo sim ou não?"

De algum modo, eu simplesmente não conseguia falar aquilo. Então, em vez disso, perguntei, como quem não quer nada:

— Então, como vai indo a batalha da mochila?

A Dauntra lançou um olhar sombrio na direção do Stan.

— Chegamos a um impasse — ela respondeu. — Ele disse que, se eu não gosto disso, posso ir trabalhar no McDonald's.

A Dauntra tem certeza que a política da videolocadora de fazer com que o gerente examine a mochila dos funcionários antes que eles voltem para casa depois do expediente é inconstitucional (apesar de eu ter perguntado à minha mãe, e ela ter dito que, tecnicamente, não era). A Dauntra se recusou a acreditar nisso, mas é legal o fato de ela se importar com isso. Algumas pessoas que eu conheço (certo, tudo bem, a Kris Parks, para ser exata), só *fingem* se importar com as coisas para ficar bonito na ficha de inscrição da faculdade.

— Eu estava pensando em derramar um monte de calda Aunt Jemima na parte de dentro da minha mochila JanSport — a Dauntra prosseguiu —, para o Stan ficar com a mão toda suja quando a enfiar lá dentro. Mas não quero estragar uma mochila ótima.

— É — respondi. — Dá para ver que isso vai mais prejudicar do que ajudar você. Além do mais, a culpa não é necessariamente do Stan. Ele só está fazendo o trabalho dele.

A Dauntra apertou os olhos para mim.

— É — disse. — Foi isso que todos os nazistas disseram para se defender depois da Segunda Guerra Mundial.

Eu não achava que examinar a mochila de alguém em busca de DVDs roubados se comparasse a matar sete milhões de pessoas, mas achei que a Dauntra não ia gostar muito se eu dissesse isso em voz alta.

— Mas, bom — ela disse, mudando de assunto. — Como foi a nova aula de arte? Aquela de desenho com modelo vivo?

— Ah — respondi. — Foi meio, hum, surpreendente. — Eu ainda não estava me sentindo à vontade o bastante para mencionar a coisa do David, então só disse: — Você sabia que desenho com modelo vivo significava pelado?

A Dauntra nem ergueu os olhos do mangá que tinha deixado aberto em cima do teclado da caixa registradora.

— Sabia. Claro que sim.

— Ah — respondi, levemente decepcionada. — Bom, eu não sabia. Por isso, vi o meu primeiro... sabe como é.

Isso chamou a atenção dela.

— O modelo nu era HOMEM? — Ela ergueu os olhos da revistinha; bom, na verdade era um gibi, ou uma *graphic novel*. Eu devia começar a aprender a terminologia correta, já que algum dia eu quero escrever e desenhar meus próprios mangás. — Achei que esse tipo de coisa fosse feito sempre com modelos mulheres.

— Acho que nem sempre — eu disse.

— Sabe, um cara tirou a calça na minha frente no metrô, outro dia — a Dauntra disse, em tom incrédulo. — De graça. Eu tive que chamar a polícia. E, tipo, essa tal de Susan Boone aí, ela dá *dinheiro* para um cara fazer isso?

— É — respondi.

A Dauntra sacudiu a cabeça, descrente.

— Você se sentiu invadida? Porque sempre que um cara me mostra o equipamento sem que eu esteja interessada em ver, eu me sinto invadida.

— Na verdade, não foi bem assim — eu disse. — Tipo, sabe como é. Aquilo era arte.

— Arte — a Dauntra assentiu. — Claro. Não acredito que um cara é capaz de receber grana para mostrar o equipamento, e as pessoas ainda chamam de arte.

— Bom, não a parte de mostrar o equipamento — eu respondi. — Mas sim os desenhos que a gente faz daquilo.

A Dauntra suspirou.

— Acho que eu devia adotar a carreira de modelo viva. Tipo, você recebe só para ficar lá sem fazer nada.

— Pelada — ressaltei.

— E daí? — a Dauntra deu de ombros. — A forma humana é uma coisa de profunda beleza.

— Dá licença — um cara alto de boina (não, sério, ele estava usando uma boina francesa, apesar de simplesmente não ter cara de francês) se aproximou do balcão. — Acho que vocês estão com um filme que eu reservei. O nome é Wade, W-A-D...

— Certo, está bem aqui — respondi rapidinho. Porque o cara de boina é cliente assíduo, e apesar de eu só trabalhar na Videolocadora Potomac havia dois meses, eu já sabia que, se a gente não cortasse logo o Sr. Wade, ele começaria a falar até não poder mais a respeito da coleção de filmes dele, que era muito extensa, e quase tudo em preto e branco.

— Ah, sim — ele disse quando mostrei o DVD que tínhamos guardado para ele. — *Os Incompreendidos*. Você o conhece, tenho certeza, não?

— Claro que sim — respondi, apesar de não fazer a menor ideia do que ele estava falando. — O preço é catorze e setenta e nove.

— É um dos melhores de Truffaut — o Sr. Wade disse. — Tenho em vídeo, é claro, mas, realmente, é o tipo de vídeo em que uma cópia extra nunca é demais...

— Obrigada — eu disse, colocando o DVD em uma sacola e entregando a ele.

— Uma obra verdadeiramente pungente — o Sr. Wade prosseguiu. — Uma obra-prima do suspense...

— Mas qual era exatamente o tamanho do equipamento do cara, afinal? — a Dauntra me perguntou, em tom todo doce e inocente.

O Sr. Wade de repente fez cara de assustado, pegou a sacola rapidinho e deu o fora da loja.

— Volte sempre — a Dauntra gritou para ele e nós duas quase desmaiamos de tanta risada que demos.

— Que história foi essa? — Stan, o gerente da noite, saiu de trás dos faroestes e ficou olhando para nós, todo desconfiado.

— Nada — respondi, enxugando as lágrimas de riso dos olhos.

— O Sr. Wade estava tão animado com o DVD novo que quis ir correndo para casa para assistir, nada mais — a Dauntra disse, em um tom de voz todo sincero e convincente.

O Stan ficou olhando para nós como se não acreditasse.

— Madison — ele disse. — Alguns fãs de anime estiveram aqui antes e bagunçaram todos os *Neon Genesis Evangelion*. Será que você pode organizar tudo de novo?

Eu disse que sim e me abaixei para sair de trás do balcão para ir até a seção de anime.

Mais tarde, depois que a movimentação de depois do jantar terminou, a Dauntra começou a ler outro mangá e eu peguei o material que o secretário de imprensa da Casa Branca tinha me dado no outro dia para eu me preparar para meu grande discurso, e comecei a ler.

— O que é isso aí? — a Dauntra quis saber.

— Umas coisas sobre as quais eu tenho que falar na MTV na semana que vem — respondi. — Na assembleia com o presidente que vai ter na minha escola.

A Dauntra fez uma cara de quem estava com um gosto ruim na boca.

— Aquela coisa idiota do Retorno à Família?

Fiquei olhando para ela sem entender nada.

— Não é idiota. É importante.

— Sei — a Dauntra respondeu. — Tanto faz. Caramba, Sam. Você nunca se ressente de ser usada desse jeito?

— Usada? Como é que estou sendo usada? — perguntei.

— Bom, o presidente fica usando você — a Dauntra disse — para entregar de bandeja esse novo programa fascista dele para a juventude dos Estados Unidos.

— O programa Retorno à Família não é fascista — eu disse. Não mencionei que, mesmo que eu não aprovasse o programa, não era exatamente possível desistir da posição de embaixadora teen. Não sem pegar mal com os pais do meu namorado. — É um programa para incentivar as famílias a passarem mais tempo juntas. Sabe como é, para deixar de treinar futebol uma noite por semana e desligar a TV e simplesmente ficar conversando.

— Sei — a Dauntra disse, sombria. — Na *superfície*, é isso mesmo.

— Do que você está falando? — sacudi os papéis que tinha nas mãos. — Está tudo aqui. Não é nada além disso.

A iniciativa do programa Retorno à Família do presidente é para...

— ...incentivar as pessoas a pararem de assistir a sitcoms desmiolados por uma noite e ficarem conversando entre si — a Dauntra concluiu para mim. — Eu sei. Mas isso é só a parte do plano do Retorno à Família que eles contam para você. E o resto? As partes que eles ainda não querem que você conheça?

— Você é paranoica — eu disse. — Assistiu àquele filme do Mel Gibson vezes demais.

Teoria da Conspiração é um dos nossos filmes preferidos para assistir na loja. O Stan odeia, porque sempre que o Mel e a Julia Roberts se beijam, ou estão para se beijar, a Dauntra e eu não conseguimos fazer nada além de ficar olhando fixamente para a tela.

— Bom, e por acaso ele não tinha razão no fim? — a Dauntra perguntou. — O Mel, quero dizer? Existia *sim* uma conspiração. — Ela deu uma olhada no espelho falso que nos separava do escritório dos fundos. O espelho falso supostamente está ali para que o Stan ou qualquer pessoa que esteja no escritório possa ver as pessoas roubando coisas. Mas a Dauntra tem certeza que só serve para os donos ou qualquer outra pessoa espionarem os funcionários. — Nunca é bom — a Dauntra completou — quando o governo começa a enfiar o nariz nos nossos assuntos particulares, como, por exemplo, a quantidade de tempo que as famílias passam juntas. Pode acreditar em mim.

Retornei à minha papelada com um suspiro. Eu adoro a Dauntra e tudo o mais, mas às vezes não sei onde a cabeça dela fica, se é que você me entende. Quem tem tempo de se preocupar com o governo e suas tramoias se existem tantos problemas reais por aí? Tipo o meu namorado, por exemplo, que parece achar que nós vamos transar no feriado de Ação de Graças.

Pensei mais uma vez em perguntar à Dauntra, sabe como é, sobre o David e eu, e o que ela achava sobre a perda da minha virgindade no dia em que todo mundo come peru.

O negócio é que eu sei que ela seria totalmente a favor da perda. Eu também sabia que, se eu contasse para ela, ajudaria a acabar com a minha imagem de boazinha na escola, uma imagem da qual eu aparentemente não conseguia me livrar, apesar do cabelo tingido.

Mas contar para a minha irmã era uma coisa. Contar para os meus colegas funcionários da Videolocadora Potomac era outra inteiramente diferente. Tipo, apesar da minha afeição por *Teoria da Conspiração*, eu realmente não acredito em conspirações... como, por exemplo, que a Dauntra na verdade é espiã da revista *Us Weekly* ou algo assim, e que no minuto que eu deixar escapar algum detalhe íntimo da minha relação com o primeiro-filho, ela vai colocar na revista.

Mas mesmo assim. Talvez a Dauntra tivesse razão em relação a uma coisa: é melhor não permitir que o governo (ou seus colegas funcionários da Videolocadora Potomac) enfie o nariz na sua vida. Algumas coisas realmente precisam ser mantidas em particular.

Pelo menos foi o que eu pensei na ocasião. É engraçado como a opinião da gente em relação a esse tipo de coisa pode mudar rápido.

O*s dez* melhores filmes escolhidos pelos funcionários da Videolocadora Potomac Vídeo:

10. *Clube da luta*: Um homem desiludido conhece um estranho que o apresenta a um novo modo de vida. Brad Pitt, Edward Norton, 1999. Brad sem camisa, desilusão e grandes explosões. O que pode ter de ruim nisso?

9. *O sol é para todos:* Um advogado na época da Depressão no sul dos Estados Unidos defende um negro falsamente acusado de estupro e ensina o filho e a filha a não terem preconceito. Gregory Peck, Mary Badham, 1962. Duas palavras: Boo Radley. Preciso dizer mais? Acho que não.

8. *Heathers — Atração Mortal*: Menina popular conhece uma rebelde que mostra a ela como dar uma lição nas meninas esnobes da escola. Christian Slater, Winona Ryder, 1989. Qualquer pessoa que tentar dizer que o ensino médio não é assim na verdade está mentindo. Também contém a fala inesquecível: "*I love my dead gay son*" (eu amo meu filho gay morto).

7. *Donnie Darko*: Garoto do ensino médio é assombrado por visões de um coelho gigante. Jake Gyllenhaal, Patrick Swayze, 2001. Certo, eu não entendo nada. Mas adoro.

6. *Napoleon Dynamite*: Um excluído do ensino médio ajuda um garoto novo a concorrer à presidência do corpo estudantil e aproveita para paquerar a garota dos seus sonhos. Jon Heder, Efren Ramirez, 2004. A melhor cena de dança de todos os tempos em um filme.

5. *Galera do mal*: Menina de escola religiosa é desprezada pelos colegas. Jena Malone, Mandy Moore, 2004. Este filme quase empata com *Camp* de tão hilário.

4. *Dogma*: Dois anjos renegados tentam voltar para o Paraíso. Linda Fiorentino, Matt Damon, 1999. Alanis Morissette faz o papel de Deus. Nunca uma atriz foi tão bem escolhida para um papel.

3. *Secretária*: Uma secretária dá início a um romance nada ortodoxo com seu empregador. Maggie Gyllenhaal, James Spader, 2002. Desconcerta a gente de um jeito que dá vontade de fazer *Hummm*.

2. *I'm the one that I want:* Uma apresentação de comédia de Margaret Cho em 1999. Margaret Cho, 2000. Deveria ser obrigatório todos os seres humanos assistirem a isto.

E o que é para mim o número um da lista dos dez melhores filmes escolhidos pelos funcionários da Videolocadora Potomac:

1. *Kill Bill* volumes 1 e 2: Uma assassina de aluguel busca sua vingança quando, por sua vez, é atacada e considerada morta. Uma Thurman, David Carradine, 2003/2004. Por que as pessoas se dão ao trabalho de fazer filmes se *Kill Bill* existe? *Kill Bill* tem tudo. De verdade: não precisa assistir a mais nada.

★ 5 ★

Quando cheguei do trabalho naquela noite, fiquei tão confusa com o que vi por um minuto que acreditei ter entrado na casa errada. Quase dei meia-volta e saí de novo. Achei o que vi bizarro a esse ponto.

A Lucy estava sentada à mesa de jantar com um monte de livros espalhados à frente.

Em uma sexta-feira à noite. *Sexta-feira*. A Lucy nunca fica em casa na sexta-feira à noite. Até pouco tempo atrás, ela estaria em um jogo com o Jack, que vem da faculdade quase todo fim de semana para ficar com ela. Ultimamente, é claro, ela anda trabalhando no turno de sexta à noite da Bare Essentials, lá no shopping center.

Mas não nesta sexta à noite. Nesta sexta à noite ela estava estudando as palavras do vocabulário da prova com (e essa foi a parte que me deixou convencida de que eu estava na casa errada, com a irmã errada, com tudo errado) o Harold Minsky.

Havia muitos lugares em que eu poderia esperar deparar com o Harold Minsky. Na Videolocadora Potomac, por exemplo, na mesma seção de anime que eu tinha passado uma hora organizando naquele mesmo dia. Ou possivelmente nas prateleiras de ficção científica. Eu com toda a certeza esperaria vê-lo no laboratório de informática da escola. Onde ele praticamente mora, devido a sua posição de monitor do Sr. Andrews, o supervisor do laboratório de informática.

Eu não ficaria nem um pouco surpresa de ver o Harold no corredor de mangás da livraria Barnes and Noble do bairro, ou parado na frente do fliperama Beltway Billiards, onde ele e os amigos passavam horas batendo os recordes de Arcade Legends.

Mas não posso dizer que esperava, em um milhão de anos, encontrar o Harold Minsky na minha casa... muito menos sentado à mesa de jantar, na frente da minha irmã Lucy.

— Pândego — Lucy ia dizendo, toda pensativa quando eu entrei. — Como assim? Tipo um pandeiro?

Harold respondeu, com voz entediada:

— Não. — Aí, como a minha irmã não deu nenhuma resposta, ele ofereceu: — É um adjetivo.

— Pândego. — A Lucy ergueu os olhos para o céu, como se esperasse que a fada do vocabulário caísse do lustre para ajudá-la. Em vez disso, reparou que eu estava parada à porta com a boca aberta.

— Ah, oi, Sam — ela disse, toda animada. — Você conhece o Harold? Harold, esta é a minha irmã, a Samantha. Samantha, este aqui é o Harold. Você sabe. Da escola.

Eu sabia mesmo. O Harold era o monitor da minha aula de informática. Eu disse:

— Hum, oi, Harold.

O Harold me cumprimentou com a cabeça, então virou o rosto com óculos (e como poderia ser diferente, já que seus pais lhe deram o nome de Harold?) de novo para a Lucy. Aliás, o que eles podiam ter na cabeça? Será que não sabiam que colocar o nome de Harold em uma criança era uma profecia que se cumpriria sozinha, que com certeza absoluta o transformaria em tudo que aquele nome representava: óculos, cabelo castanho todo desgrenhado que sempre precisava ser cortado, um passo incerto em uma estrutura que tinha crescido quinze centímetros no verão anterior, fazendo com que ele fosse um dos caras mais altos da escola que não estava no time de basquete, e uma camisa havaiana cor de laranja que escapava da cintura da calça Levi's curta demais?

— Vamos lá — ele disse em tom de quem não aceitava enrolação, que nenhum ser da espécie masculina jamais usara com a minha irmã na vida dela. — Você sabe o significado desta palavra. Acabamos de estudá-la.

— Pândego — a Lucy repetiu, obediente. Então, para mim, completou: — Ah, eu comprei aquela coisa para você, Sam. Aquela coisa sobre a qual conversamos na outra noite? Está na sua cama.

No começo, eu não entendi do que ela estava falando. Aí, quando ela deu uma piscadinha lenta, eu me liguei... e fiquei vermelha. Totalmente.

Por sorte, o Harold estava preocupado demais em fazer a minha irmã dar uma definição para pândego (palavra que significa "alegre, engraçado, dado a festanças") para reparar em mim.

— Lucy — ele disse em tom severo —, se não vai nem tentar, não sei por que perder o meu tempo e o dinheiro dos seus pais...

— Não, não, espera — a Lucy disse. — Eu sei a resposta desta aqui. Sei mesmo. Pândego. Não significa "feliz"? Tipo, a vitória no futebol fez com que ele se sentisse pândego?

Tive que passar pela sala para subir a escada. Meu pai e minha mãe estavam sentados lá, fingindo ler. Mas eu sabia que eles estavam escutando a Lucy e o novo professor particular dela.

— Oi, querida — minha mãe disse quando me viu. — Como foi o trabalho?

— Trabalhoso — eu disse, mantendo a cabeça abaixada, na esperança de que eles não fossem reparar nas minhas bochechas que continuavam vermelho-pimentão. — Há quanto tempo isso aí está rolando? — apontei com o dedão por cima do ombro, na direção da sala de jantar.

— Esta é a primeira aula dela — a minha mãe respondeu. — Eu liguei para a escola, e me disseram que o Harold é o melhor professor particular de preparação que eles têm. Você o conhece? Acha que ele vai poder ajudar?

— Bom — eu respondi com lentidão. — Acho que, se alguém puder ajudar, vai ser o Harold.

— Disseram que ele já está praticamente dentro de Harvard — minha mãe disse. — Aliás, que todas as faculdades de primeira linha o querem.

— É — respondi. — Parece coisa do Harold mesmo.

— Eu tinha pedido uma menina — minha mãe disse, baixando bem a voz para a Lucy e o Harold não escutarem, porque eu não queria que houvesse nenhuma... complicação romântica. Você sabe como os meninos ficam com a sua irmã. Mas, quando vi o Harold em ação com ela, logo vi que seria perfeito. Parece até que ele não percebe que ela... bom, que ela é do jeito que é.

Foi legal da parte da minha mãe chegar e dizer o que todos nós estávamos pensando: que a Lucy é tão linda que qualquer cara da rua sempre se apaixona por ela e oferece fragmentos de papel com o celular deles anotado, que a Lucy sempre aceita com educação e logo joga na lata de lixo do quarto dela sem nem pensar duas vezes quando limpa a bolsa à noite.

— Hum — eu disse. — É. O Harold é assim mesmo. Ele não se liga nessa coisa de popularidade. — Nem muito em meninas, para falar a verdade. A menos que elas se chamem Lara Croft e morem dentro de um PlayStation.

— Eu não me importo se ele se apaixonar por ela — meu pai disse, virando uma página do jornal que segurava nas mãos. — Se ele fizer a nota dela subir, eu fico feliz.

— Ah, Richard — minha mãe disse. — Não fale tão alto. O David ligou enquanto você estava no trabalho, Sam. Ele pediu para você retornar assim que puder.

— Hum — respondi. — Ótimo.

Só que eu não estava achando nada ótimo. Na verdade, estava tudo o oposto de ótimo. Porque eu sabia qual era o motivo da ligação dele. Ele queria saber o que minha mãe e meu pai tinham dito. Para saber se íamos ou não viajar juntos no feriado de Ação de Graças para jogar ludo.

E a verdade é que eu nunca fui muito fã de jogos de tabuleiro.

Fiquei imaginando o que ele faria se eu dissesse que não. Não, David, a verdade é que não quero ir passar o feriado do Dia de Ação de Graças com você em Camp David. Será que ele terminaria comigo? Se eu simplesmente chegasse e dissesse que ele pode achar que estamos prontos para transar, mas que eu ainda não tenho tanta certeza?

Não. De jeito nenhum. O David não é esse tipo de menino. Para começo de conversa, ele é um CDF completo; tipo, ele sempre carrega cards, anda com aquelas camisetas vintage do Boomtown Rats e tênis All Star de cano alto, além da enorme lista de programas de ficção científica que ele tem para assistir. E, vamos encarar: os CDFs simplesmente não terminam com a namorada porque ela não quer ir para a cama, como os esportistas parecem fazer. Ou pelo menos foi o que ouvi dizer, já que não me dou muito bem com esportistas.

E, além do mais, eu sei que o David me ama de verdade. Sei disso por causa da maneira como ele consegue tirar sarro do meu cabelo em um minuto e mordiscar meu pescoço no minuto seguinte, dizendo como acha que fiquei gostosa com a minha camiseta nova da Nike. Também sei disso porque eu sou a última pessoa com quem ele fala toda noite, antes de ir para a cama (ele nunca se esquece de ligar para o meu celular... quando eu já estou dormindo, ou quando eu finjo, como fiz ontem, ele deixa recado), e a primeira pessoa para quem ele liga quando acorda (não que eu sempre atenda, porque não tenho condições de falar antes do meu Dr. Pepper diet da manhã).

E ele não liga só porque se sente obrigado ou porque eu vou ter um ataque, como acontece com a Lucy e o Jack; mas, bom, porque ele quer.

Não, o David não vai terminar comigo se eu disser para ele que não estou pronta. Ele me ama. Ele vai esperar.

Acho.

Além do mais, se ele terminasse comigo *de verdade*, a imprensa o engoliria vivo. Não quero parecer convencida, mas o povo americano gosta muito de mim por eu ter salvado a vida de seu líder.

Só que isso foi antes da tintura. Vai saber o que a Margery de Poughkeepsie vai achar quando vir o meu cabelo aparentemente inspirado na Ashlee Simpson...

— Essa iniciativa do Retorno à Família que o pai do David está promovendo — minha mãe disse, interrompendo minhas reflexões relativas à minha vida sexual (ou ausência dela). — Gostei mesmo dessa ideia. Às vezes eu fico achando que nunca vejo vocês, meninas, de tão ocupadas que vocês são.

Eu só fiquei olhando para ela, completamente chocada.

— E de quem é a culpa? — eu praticamente berrei. — Essa coisa de trabalho de meio período não foi exatamente ideia MINHA, sabia?

Meu pai abaixou o jornal de novo.

— É importante que vocês, os jovens, aprendam o valor de um...

— Sei, sei — interrompi meu pai. — De um dólar. Eu sei. — Como se ainda existisse alguma coisa que custe um dólar.

— Falando nisso, a Lucy trocou o turno dela com alguém ou o quê? Por que ela está em casa tão cedo? Normalmente, ela só volta do shopping às dez.

Reparei o olhar que minha mãe e meu pai trocaram. Não fiquem achando que eu não reparei.

— Nós decidimos que, devido ao resultado da Lucy na prova, ela precisa dedicar mais tempo aos estudos, e menos à vida social e ao horário de trabalho — minha mãe disse, em tom despreocupado.

Demorei um minuto para entender o que ela estava dizendo. Então, quando finalmente entendi, meu queixo caiu de novo.

— Espera aí! — exclamei. — Ela pode largar o emprego só porque levou bomba na prova? Não é justo!

— Shhh, Sam. — Minha mãe lançou um olhar nervoso na direção da sala de jantar. — A Lucy está muito aborrecida por precisar pedir demissão na Bare Essentials. Você sabe o quanto ela adora aquele desconto de funcionário...

— Então, se as minhas notas começarem a cair — eu quis saber —, posso largar meu emprego na Videolocadora Potomac?

— Sam! — Minha mãe me lançou um olhar de reprovação. — Que coisa de se dizer! Você adora o seu trabalho. Está sempre falando sobre aquela sua amiguinha, a Donna, e como ela é legal...

— Dauntra.

— Dauntra. Além do mais, você é capaz de dar conta de mais atividades que a sua irmã. Sempre foi.

— E também é bom você se achar muito sortuda — meu pai observou, retornando a seu jornal — ou vamos fazer você largar as aulas de desenho, do mesmo jeito que fizemos com que ela largasse a animação de torcida.

Fiquei só olhando, completamente chocada.

— Espera... vocês fizeram com que ela *largasse* a animação de torcida?

— A prova é mais importante que a animação de torcida — meu pai disse. Ele teria mesmo essa opinião, tendo em vista que na escola ele era bem-parecido com... bom, com o Harold, de acordo com as histórias que ouvi.

— Ela só está dando um tempo — minha mãe disse. — Se as notas dela subirem, pode voltar à equipe. Nós falamos com a treinadora. Ela compreende que ficou demais... animação de torcida, dever de casa...

— Não seria nada demais — meu pai disse, de trás do jornal — se uma certa pessoa não viesse aqui todo fim de semana para passar cada minuto do dia com ela.

— Certo, Richard — minha mãe disse. — Eu conversei com os Slater. E eles prometeram que vão conversar com o Jack...

— Ah, mas isso vai adiantar muito mesmo — meu pai disse com um resmungo, sem erguer os olhos de trás do jornal. — Aquele sujeitinho nunca escuta o que eles dizem...

— Richard — minha mãe falou.

Tomei isso como deixa para sair dali. Nunca é divertido ouvir meus pais brigando por causa do namorado da Lucy. E eles fazem isso quase todas as vezes que o nome dele é citado. Não que eles não concordem totalmente em relação ao que acham dele: os dois o odeiam até não poder mais. Simplesmente têm ideias diferentes a respeito da melhor maneira de lidar com a situação. Minha mãe acha que, se eles tentarem sabotar a situação de qualquer maneira, a afeição da Lucy pelo Jack só vai crescer... mais ou menos do jeito que a afeição do Hellboy pela Liz ficou mais forte depois que tentaram impedir que ele se encontrasse com ela quando ela fugiu para o hospício.

Meu pai, por outro lado, acha que eles deviam proibir a Lucy de se encontrar com o Jack e que, assim, o problema vai estar resolvido.

E é por isso que a Lucy e o Jack continuam juntos. Porque todo mundo (menos o meu pai) sabe que dizer a uma garota que ela não pode sair com um garoto só faz com que ela tenha ainda mais vontade de ficar com ele.

Este é mais um aspecto de como a vida da Lucy é amplamente superior à minha. Ela namora um garoto de quem os meus pais não gostam e em quem eles não confiam, o que faz com que eles se preocupem com ela o tempo todo.

Essa Lucy é uma sortuda.

Mas, pensando bem no assunto, a sorte dela meio que acabou: pelo menos no que diz respeito à coisa da animação de torcida. Tipo, pode até ser algo que invalida a causa feminista, mas ela realmente adora isso. E agora o privilégio lhe foi tirado.

E, no entanto, ela não parecia assim tão infeliz ali, na companhia do velho Harold. E isso é estranho porque, independentemente de ela sentir ou não falta da animação de torcida, uma coisa de que ela com toda a certeza vai sentir falta, se minha mãe e meu pai conseguirem o que querem, é do Jack... Aliás, falando nisso, onde ele ESTÁ? Por que não está batendo à porta, insistindo para falar com ela? Será que o Dr. e a Sra. Slater tinham dado "uma palavrinha" com ele, como a minha mãe disse que eles fariam?

Mas o Jack, por ser um rebelde urbano e tudo o mais, não é do tipo que vai concordar em não se encontrar com a namorada só porque os pais dele disseram que ela está com problemas na escola e por isso ele precisa dar um tempo, ou sei lá o quê. Desde que começou a estudar na FDRI, o Jack tem feito o papel de artista descontente mais do que nunca, com a moto dele e tudo o mais.

E, tudo bem, meus pais proibiram a Lucy terminantemente de andar na moto dele, apesar de o Jack ter comprado um capacete para ela (não que a Lucy tenha ficado especialmente emocionada com isso. Ela queria um cor-de-rosa. Além do mais, diz que amassa todo o cabelo dela).

Mas isso não significa que o Jack não pode usá-la para ficar passando na frente da nossa casa, como eu sempre escuto no meio da madrugada...

E, pensando bem, eu realmente não andava ouvindo o ronco da Harley do Jack com muita frequência ultimamente. Por que será? Eu teria que perguntar à Lucy depois que o Harold fosse embora.

Nesse ínterim, tinha o pacote que a Lucy disse ter deixado para mim.

Estava bem onde a Lucy disse que tinha deixado, no meio da minha cama. Olhei dentro do saquinho de papel pardo comum e vi duas caixinhas. A primeira dizia TEXTURIZADO PARA O PRAZER FEMININO! em uma letra bem masculina.

Ai, meu Deus. Minha irmã comprou uma caixa de camisinhas para mim.

Sentindo-me um pouco enjoada, olhei a outra caixa. Tinha uma escrita toda cheia de voltas, com desenhos de flores. Lá dentro, encontrei um tubinho de plástico parecido com o de um aplicador de absorvente interno, junto com uma bula.

COMO USAR A ESPUMA CONTRACEPTIVA, a bula dizia.

Ai, meu Deus.

AI, MEU DEUS.

Enfiei tudo de volta na caixa, coloquei as caixas de volta no saco e enfiei o saco embaixo da cama.

Aquilo não era algo para o qual eu estivesse pronta. Não, não, não. Não estava pronta. NÃO ESTAVA PRONTA MESMO. Não mesmo, mesmo, mesmo.

Será que eu, Samantha Madison, realmente iria fazer isso? Será que eu iria mesmo transar com o meu namorado?

Eu não conseguia parar de pensar que antes, naquele mesmo dia, a Kris tinha falado mal daquela menina... Debra, ou sei lá qual era o nome dela. Ela tinha transado com o namorado. Supostamente, pelo menos. E se o David e eu Fizermos Aquilo, e a notícia se espalhar, igual aconteceu com a Deb? Será que as pessoas iam *me* chamar de galinha pelas costas?

Provavelmente.

Mas isso não seria exatamente pior do que as coisas que já me chamam (aberração, gótica, adoradora de Satã, punk, psicótica etc.).

Mas não seriam só as pessoas da escola. Com a minha habilidade insuperável de ter minha foto publicada em revistas (principalmente nas listas de Errado da moda, mas tanto faz), as notícias relativas à minha vida sexual provavelmente seriam divulgadas por todos os tabloides. Não que eu tenha pensado exatamente em sair por aí contando para todo mundo que eu sou virgem ou qualquer coisa do tipo. Mas, sabe como é. Seria vergonhoso se a minha avó lesse a respeito.

Foi bem aí que a Lucy irrompeu no meu quarto, sem bater, é claro.

— Ei — ela disse, sem fôlego, obviamente depois de subir a escada correndo. — Me empresta a sua calculadora?

Fiquei olhando para ela com ódio.

— O que aconteceu com a sua?

— Emprestei para a Tiffany na última vez que estivemos na The Cheesecake Factory e estávamos tentando ver quanto devíamos deixar de gorjeta, e ela se esqueceu de devolver. Anda logo, deixa eu pegar a sua emprestada só hoje. Eu pego a minha de volta amanhã.

Entreguei a minha calculadora. Realmente, era o mínimo que eu podia fazer, depois do *presente* que ela havia deixado para mim.

— Ah, obrigada — ela disse. E começou a sair.

— Espera... — eu disse. *Obrigada pelas camisinhas e pelo espermicida*. Era o que eu *queria* dizer. O que saiu, em vez disso, foi: — Como estão as coisas? Com, hum, o Harold?

— Ah — a Lucy disse, alisando uma mecha de cabelo vermelho de Tiziano para trás da orelha. — Ótimas. Sabe como é, o Harold não acha que eu tenha ido tão mal porque não sou inteligente. Ele acha que eu sofro de ansiedade em relação a provas.

— É mesmo?

— É. O Harold acha que, se eu me dedicar, posso aumentar a minha pontuação bastante, se eu fizer alguns exercícios de respiração antes de entrar na sala da prova.

— Uau — eu disse, imaginando se era por isso que o Harold sempre parecia estar precisando do inalador dele. Sabe como é, de tantos exercícios de respiração que ele deve fazer para manter a média perfeita dele.

— É — a Lucy disse. — O Harold é legal de verdade, sabe como é. Depois que a gente ultrapassa a coisa de *Jornada nas Estrelas: Deep Space Nine* e de como ele ficou louco por terem cancelado *Angel*.

— É — eu disse. — Eu sei. Sempre gostei do Harold. Tipo, quando a gente se atrapalha toda no laboratório de informática, ele não vem com aquele papinho de *Bom, por acaso você fez um disco de back-up?* como alguns dos monitores fazem.

— Ah — a Lucy disse. — Que gracinha. Não acredito que ele não seja mais popular. Como é que eu nunca tinha encontrado com ele antes, tipo em uma festa ou algo assim?

— Hum — respondi. — Porque caras como o Harold não são convidados para o tipo de festa que os seus amigos dão.

— Do que você está falando? Meus amigos não são exclusivistas.

Ergui as sobrancelhas. Essa obviamente era uma palavra que cai na prova, cortesia de Harold.

— Hum — eu disse de novo. — É. Eles meio que são, sim.

A Lucy não gostou nada de ouvir aquilo. Dava para ver, já que ela olhou bem para mim e disse assim:

— Bom, muito obrigada pela calculadora. É melhor eu voltar para o Harold.

Aí ela saiu, antes mesmo de eu ter oportunidade de agradecer pelo que ela tinha me emprestado. Bom, ela não tinha exatamente me emprestado, já que duvido muito que ela quisesse qualquer uma daquelas coisas de volta...

Foi bem quando eu estava pensando isso que meu celular começou a tocar.

Eu não estava esperando que isso acontecesse, mesmo... que o meu celular tocasse e tal. Ainda não estou completamente acostumada com isso, de modo que dei o maior berro, o que fez com que a Rebecca avisasse lá do quarto dela, no fim do corredor:

— Pode fazer o favor de ficar quieta, Sam? Estou em um estágio realmente crucial da dissecação desta larva.

E isso, aliás, eu preferia não saber.

Dava para ver, pelo identificador de chamadas, que era o David ligando. O David, com quem eu não tinha falado (meio que de propósito) desde a conversa na noite anterior embaixo do chorão do jardim da minha casa. Eu já tinha ignorado dois recados dele. Agora tinha que atender.

Só que... o que eu iria dizer?

— Oi — parecia um bom jeito de começar.

— Ei — o David respondeu.

Só que não foi um "ei" comum. Nunca, aliás, tanta coisa tinha sido transmitida por uma palavra tão curta em toda a história do tempo. Toda a felicidade do David por eu finalmente ter atendido, além da frustração por não ter recebido um retorno meu em mais de vinte e quatro horas e (realmente não acho que esteja imaginando coisas) até mesmo sua incerteza em relação ao que eu acho de seu convite para "jogar ludo" no fim de semana do feriado de Ação de Graças estava naquele *Ei*.

Estou bem certa disso.

É coisa demais para uma palavra só.

— Por onde você andou? — O David então perguntou. Não em um tom aborrecido. Só curioso. — Deixei dois recados. Está tudo bem?

— Hum — respondi. — Está, sim. Desculpa. É que as coisas simplesmente estão uma loucura. — Reparei que o saquinho com os "presentes" da Lucy para mim estava aparecendo embaixo da cama e rapidamente empurrei-o com o pé, para que ficasse escondido atrás da saia da cama. Não me pergunte por quê. Até parece que o David estava no quarto comigo. Só que ele estava. Mais ou menos. — Com a escola, sabe como é. E com o trabalho.

— Ah — o David disse. — Certo. Bom, o que eles disseram?

Durante um segundo, juro que me esqueci do que ele estava falando.

— O que, quem disse?

— Seus pais — ele respondeu. — Sobre o feriado de Ação de Graças.

E tudo me voltou como uma enxurrada.

— Ah, o feriado de Ação de Graças — eu disse. Ai, meu Deus. O feriado de Ação de Graças. Ele queria saber sobre o feriado de Ação de Graças.

Bom, claro que sim. Quero dizer, era por isso que eu tinha passado as vinte e quatro horas anteriores evitando os telefonemas dele. Porque sabia que ele queria uma resposta a respeito do feriado de Ação de Graças.

Só que eu não tinha certeza se estava pronta para dar essa resposta.

— Hum — eu disse, dando uma olhada para o Manet, que, como sempre, estava jogado em cima da minha cama, completamente alheio ao fato de que a vida de sua dona estava sendo revirada de ponta-cabeça e do avesso. A vida dos cachorros é fácil demais. — É. Desculpa. Eu... eu ainda não consegui pedir para eles.

Certo. Acabei de mentir para o meu namorado. Pela primeira vez na vida. Mais ou menos.

— Ah — o David disse.

Igualzinho ao "Ei" de alguns minutos antes, aquele "Ah" transmitia muita coisa. Na verdade, tinha sido menos um "Ah" e mais um "Ah?".

Eu ia morrer, total.

— É só que... — eu disse, de repente falando a um quilômetro por minuto. — É a Lucy. Ela bombou na prova e agora os meus pais a obrigaram a largar a animação de torcida e arrumar um professor particular e todo mundo está enlouquecido.

— Uau — o David disse. Parecia que ele tinha acreditado em mim. Bom, e por que não acreditaria? Aquela parte era verdade, aliás. — Ela foi mal de verdade?

— Foi muito mal mesmo — eu disse. — Então, este não é o melhor momento para pedir. Se é que você me entende.

— Totalmente — o David disse. — Tem razão.

O negócio é que, para um garoto que estava esperando para descobrir se ele ia ou não, sabe como é, poder transar com a namorada na semana seguinte, ele parecia enormemente... calmo. Não tinha nada a ver com aqueles caras dos livros da Lucy, que estão sempre tipo: "*Phillippa...* preciso *possuí-la. Minhas entranhas ardem por você*".

Eu não estava captando nenhuma vibração de entranhas ardentes do David. Tipo, *nem um pouco*.

Mas acho que é compreensível. Tipo, é bom ele não estar assim tão esperançoso. Porque é bem provável que, quando a gente Fizer Aquilo, eu na verdade não vou saber o que fazer, apesar de ter lido sobre o uso da espuma contraceptiva.

Claro que ele também não vai saber o que está fazendo. Porque até parece que ele tem mais experiência no boudoir do que eu.

Mas mesmo assim. Existe uma probabilidade muito maior de eu estragar tudo do que ele. Eu não sou a pessoa mais coordenada do mundo. Quase repeti em educação física. (Bom, para ser justa, isso aconteceu porque eu sou tão anticompetitiva que me recuso a participar da aula na maior parte do tempo. Simplesmente não consigo ver para o quê aquilo servia. *Pegue a bola, corra atrás da bola, jogue a bola.* Quem se importa com isso? É só uma bola idiota.)

Acho que eu simplesmente ia ter que confiar para que quando (ou se) o Grande Momento chegasse, meu corpo fosse me dizer o que fazer. Até agora ele não tinha me decepcionado.

Tirando aquela coisa toda de subir em corda na educação física.

— Bom, olha — o David disse, ainda sem soar como um cara cujas entranhas ardiam ou qualquer coisa do tipo. — Só me diz. Ah, e amanhã à noite?

Amanhã à noite? O que tem amanhã à noite? Por acaso tínhamos combinado de fazer alguma coisa amanhã à noite?

Ah, certo. Amanhã era sábado. Noite de ficar juntos. Ai, meu Deus, nós íamos ficar juntos? Se saíssemos, será que ele iria tocar no assunto? No plano todo do feriado de Ação de

Graças? Amanhã é cedo demais! Não posso decidir tudo isso até amanhã! Ainda estou me acostumando com a ideia! Eu não sei! Eu não sei o que quero!

— Hum — eu disse, surpresa de parecer tão calma a respeito da coisa toda. — Certo. Amanhã. O que tem?

— Meu pai tem uma coisa o dia inteiro no hotel Four Seasons. É um negócio do programa Retorno à Família, para conseguir apoio de alguns grupos de interesses específicos, então ele quer que eu vá junto, porque... sabe como é.

— Certo — respondi. — Família e tudo o mais.

— Certo. Mas você pode ir junto, total, se quiser.

Para eu ficar sentada na frente de um prato nojento de comida de hotel coberta de um molho espesso que nem fui eu quem pediu enquanto escuto mais um discurso chato do seu pai só para contar com a possibilidade de a gente poder se agarrar um pouco no jardim da frente da minha casa mais tarde? Hum, não, obrigada.

Era o que eu tinha vontade de dizer. Em vez disso, falei:

— Caramba, parece divertido. Mas acho que vou estar ocupada. Divirta-se.

O David deu risada.

— Achei que você iria dizer isso. Tudo bem.

E, só com isso, eu me livrei. De toda a conversa sobre o feriado de Ação de Graças.

— Eu sei que as coisas devem estar esquisitas — o David disse. — Com a Lucy e tudo o mais. Mas me liga, tá? Estou com muita saudade de você.

— Eu também estou com saudade de você — eu disse. Não era mentira. Eu estava mesmo com saudade dele.

— Eu te amo, Sharona — o David disse.

— Eu te amo, Daryl — eu disse. E desliguei o telefone.

E pensei, meu Deus. Sou a pior namorada de toda a face da Terra.

As dez coisas principais para indicar que seu namorado realmente a ama:

10. Ele aguenta suas variações de humor esquisitas. Mesmo quando você está de TPM e o acusa de gostar mais da Fergie, do Black-Eyed Peas, do que de você, apesar de saber perfeitamente bem que ele, na verdade, nem conhece a Fergie pessoalmente.

9. Ele deixa você escolher o filme a maior parte das vezes.

8. O mesmo vale para a sobremesa que vocês dois vão dividir.

7. Ele sabe o nome das suas amigas e pergunta se elas vão bem (só que, no caso do David, isso não é exatamente difícil, porque eu basicamente só tenho uma amiga).

6. Ele se assegura (o melhor que pode) de que, quando você vai jantar na casa dele, o chef da Casa Branca vai servir alguma coisa que você consegue comer

5. Ele sempre liga, só para ver se você está bem.

4. Ele acha que você sempre está linda, mesmo quando não está usando nada de maquiagem.

3. Ele escuta enquanto você choraminga a respeito dos seus problemas e tenta oferecer soluções viáveis para eles, apesar de as coisas que ele sugere serem completamente idiotas e impossíveis de funcionar, porque ele é menino e simplesmente não entende.

2. Ele não se aborrece quando escuta você comentando com a sua amiga como aquele carinha novo de *Gilmore Girls* é gostoso.

E a coisa número um para indicar que seu namorado realmente a ama:

1. Ele não faz um escarcéu quando você escolhe passar a noite de sábado na frente da TV em vez de ficar com ele.

★ 6 ★

Só que isso não aconteceu. De passar a noite de sábado assistindo ao *National Geographic Explorer* com a Rebecca. Porque, por volta das três da tarde, o telefone tocou e, quando atendi, fiquei surpresa de escutar a voz da Dauntra na outra ponta.

— Sam? — Por alguma razão, ela estava gritando. Logo percebi por quê. Onde quer que ela estivesse, fazia o *maior barulhão* no fundo.

— Dauntra? — fiquei meio surpresa de receber um telefonema dela. A Dauntra nunca tinha ligado para a minha casa. Eu nem sabia que ela tinha meu telefone. Tipo, o telefone de todos os funcionários da Videolocadora está afixado no quadro de avisos da sala do Stan, mas eu não sabia que a Dauntra tinha copiado o meu. — Que barulho é esse? Onde você *está*?

— Em uma delegacia de polícia aí — a Dauntra berrou. Ouvi alguém no fundo dizer: "Largue isso agora mesmo ou algemo você de novo".

— Uma *delegacia*? — repeti. — O que está fazendo em uma delegacia? Está tudo bem?

— Estou ótima — a Dauntra respondeu, toda animada. — Só estou presa.

— Presa? — eu quase larguei o telefone. — Está dizendo... que você está me ligando da CADEIA?

— Ãh-hã — a Dauntra respondeu. — É que eu acho que não vou conseguir sair a tempo de chegar para o meu turno na loja hoje à noite. Você pode ir no meu lugar? Das quatro até a hora de fechar? Prometo que recompenso você um dia desses!

Eu ainda estava chocada por causa do lugar onde ela estava. E, também, fiquei feliz por nem os meus pais nem a Theresa estarem por perto para escutar a minha parte da conversa. Não sei se eles ficariam muito animados se soubessem que uma colega de trabalho estava me ligando da cadeia.

— Por que você foi presa? — perguntei a ela.

— O quê? — a Dauntra afastou o telefone da boca e gritou: "Ô pessoal, CALA A BOCA, não estou conseguindo escutar". Daí ela disse, no bocal: — O que você disse, Sam?

— Eu perguntei por que você foi presa?

— Ah, isso — a Dauntra respondeu. — Um monte de gente se deitou na frente do Four Seasons para protestar, sabe como é, onde o seu amiguinho, o presidente, está dando uma festança de arrecadação de fundos. Cara, como ele ficou surpreso!

Hum, não foi só ele. Eu também não acreditava no que estava ouvindo.

— Então, você pode cobrir o meu turno ou não? — a Dauntra queria saber. — E, se não puder, pode ligar para o pessoal e pedir para alguém ir no meu lugar? Eu só posso dar um telefonema, e realmente não quero perder o emprego.

— Você só pode dar um telefonema e ligou para mim? — fiquei chocada. — Dauntra, será que você não devia ligar para um advogado? — daí eu me lembrei de uma coisa. — Minha mãe é advogada. Diga onde você está que eu peço para ela ir aí e...

— Não preciso de advogado — a Dauntra disse. — Logo alguém vem aqui pagar a minha fiança. Mas não vai dar tempo de pegar o meu turno. Então, você vai para mim?

— Claro — eu disse. — Vou sim. Bom... — ouvi alguém na ponta da linha da Dauntra gritar uma obscenidade. — Ai, meu Deus, Dauntra. Toma cuidado!

— Tomar cuidado? — a Dauntra deu risada. — Eu estou me divertindo como nunca! Valeu, Sam!

E, aí, ela desligou.

E foi assim que eu me vi, uma hora mais tarde, cuidando da caixa registradora na Videolocadora Potomac e tentando achar um canal em uma das TVs suspensas da loja que estivesse mostrando a manifestação em que a Dauntra foi presa.

Infelizmente, as TVs na Videolocadora Potomac não têm serviço a cabo, já que supostamente devem mostrar o filme qualquer que estejamos promovendo naquela semana. Então, tudo que consegui foi chuvisco. Finalmente, o Stan me fez desistir e colocou o mais novo DVD de Jason Bourne. Ele não pareceu muito surpreso quando apareci para cobrir o turno da Dauntra.

— Não quero nem saber — ele disse quando tentei dar a ele a minha desculpa (inventada) de onde a Dauntra estava (visitando uma tia doente). — Só fique de olhos nos ladrõezinhos. Sábado à noite aparecem montes deles. Moleques idiotas do bairro que não têm nada melhor para fazer. Eles acham hilário roubar um ou dois jogos de Xbox.

Eu estava no caixa, de olho nos moleques idiotas do bairro, quando o sininho em cima da porta de entrada tocou. Mas em vez do Sr. Wade ou de algum outro cliente assíduo entrar para reclamar de como tínhamos poucos filmes, foi a minha irmã Lucy que apareceu.

Aquela foi uma enorme surpresa porque, até onde eu sabia, a Lucy não colocava os pés na Videolocadora Potomac havia anos. Pessoas populares como a Lucy não têm tempo para assistir a DVDs, porque vivem muito ocupadas indo a festas e agarrando o namorado. É verdade que a Lucy às vezes passava a noite de sexta em casa, mas ela sempre deixava outra pessoa escolher o filme. A Videolocadora Potomac, com seus pôsteres em cartolina em tamanho natural de Boba Fett e Han Solo, a tubulação exposta no teto e seus avisos escritos a mão (BANHEIRO SÓ PARA FUNCIONÁRIOS. O RESTO DOS MORTAIS QUE SEGURE), não era exatamente o tipo de lugar que a Lucy frequentava.

Dava totalmente para ver que ela estava pensando exatamente a mesma coisa quando passou pela prateleira de Lançamentos e atraiu a atenção de praticamente todo mundo ali, em sua maior parte caras em idade universitária com camisetas em que se lia Beije o CDF, discutindo a respeito de qual filme de *Jornada nas Estrelas* alugar. Quando ela finalmente me viu na caixa registradora, seu rosto se contorceu de alívio, e ela correu até o balcão (alheia a todos os queixos que fez cair pelo caminho) e disse:

— Oi, Sam.

— Hum — respondi. — Oi. O que você está fazendo aqui?

— Porque eu achei que ela estaria com o Jack ou, no mínimo, com algumas amigas.

Aí eu me lembrei.

— Meu Deus — eu disse, horrorizada por ela. — Eles também colocaram você de castigo?

A Lucy fez uma cara de quem não estava entendendo nada.

— Quem?

— A mamãe e o papai — respondi. — Sabe como é. Por causa das notas.

Ela respondeu, com uma risada:

— Não, eles não me puseram de castigo.

Fiquei olhando para ela. Em todas as TVs ao nosso redor, a imagem de Matt Damon brilhava enquanto ele dizia: "Mataram a mulher que eu amo!". Os nerds na seção de ficção científica, reparei, estavam olhando fixamente para a Lucy com exatamente a mesma expressão de anseio no rosto de Matt.

— Bom, então — eu disse, um pouco confusa também. — O que você está fazendo *aqui*?

— Ah. — A Lucy passou a minúscula bolsa Louis Vuitton (presente de aniversário da nossa avó) de um ombro para o outro. — Pensei em alugar um DVD. Pode ser que você tenha ouvido falar dele. Uma coisa chamada *Hellboy*?

Fiquei só olhando para ela.

— *Hellboy* — eu disse.

— É. — A Lucy deu uma olhada pela loja. Assim que a cabeça dela se dirigiu para os CDFs na seção de ficção científica, eles se abaixaram e fingiram estar entretidos com a capa do novo *Alien*.

— Vocês têm esse filme aqui?

— *Hellboy* — repeti. — Com o Ron Perlman e a Selma Blair. Feito em 2004. Baseado no gibi da Dark Horse de mesmo título. ESSE *Hellboy*?

— Acho que sim — a Lucy disse, com uma expressão vazia. — Não sei. Foi o Harold quem recomendou.

Fiquei olhando para ela com mais atenção ainda.

— O Harold MINSKY?

— É — ela respondeu. — Ele disse que é um de seus favoritos de todos os tempos. Achei que também tinha ouvido você falar dele. Você não gosta disso? — Ela esticou o braço para encostar um dos bonecos de *O Estranho Mundo de Jack* que a Dauntra tinha prendido na bandejinha de gorjetas. — Então, aqui tem ou não tem?

Sem tirar os olhos da minha irmã, eu disse para os CDFs na seção de ficção científica:

— Ei. Alguém aí pega um *Hellboy* e joga para cá?

Um segundo depois, uma cópia de *Hellboy* aterrissou nas minhas mãos.

A Lucy deu uma olhada na direção dos CDFs e sorriu.

— Ah, muito *obrigada* — ela disse.

Os CDFs, mortos de vergonha, fugiram para a segurança dos Documentários.

— Aqui está — eu disse e entreguei o DVD à Lucy.

Ele olhou para a capa e disse:

— Ah. Nossa. Então, este é o Hellboy, com aqueles calombinhos na cabeça?

— São chifres — eu disse. — Ele sempre os afia.

— Ah — a Lucy disse. — E ele é, hum, legal? Porque ele não parece... nada legal.

— Esse — eu disse — é o conflito. O Hellboy é um demônio em conflito constante com sua natureza. Ele é Satã na Terra, mas foi criado com muitos cuidados e amor por pessoas que tinham o bem da humanidade no coração e agora, como adulto, o Hellboy prometeu lutar contra sua própria natureza e salvar o mundo do mal. Ele é salvo por seu amor pela Liz, que tem um conflito com seu próprio destino genético de incendiária.

— Ah — a Lucy disse. — Que legal. Certo, bom, eu vou levar. Quanto devo?

— Um dólar — respondi. — Dou para você o meu desconto de funcionária, pois você é da família.

— Ótimo — a Lucy disse, e começou a remexer na bolsa. Enquanto fazia isso, perguntou, como quem não quer nada, sem tirar os olhos do chão escuro de tanto chiclete grudado:

— Você conhece o Harold, certo, Sam? Tipo, socialmente?

Fiquei olhando para ela sem entender nada. Isso não era exatamente um elogio, tendo em vista o ambiente social em que o Harold circula. E também... de onde vinha esse fascínio repentino pelo Harold Minsky?

— Hum — respondi. — Não exatamente. Ele é meu monitor do laboratório de informática. Mas nós não temos exatamente os mesmos amigos. Eu sou CDF. Mas não *tão* CDF assim.

— É, mas você coleciona gibis e essas coisas, igual a ele — a Lucy disse.

— Mangá — eu a corrigi. — O Harold coleciona mangá. Eu gosto de desenhar mangá.

— Tanto faz. — A Lucy achou o dólar e me entregou. — O negócio é o seguinte: você já ouviu dizer se ele tem alguma namorada?

Fiquei tão chocada que quase caí no chão.

— O HAROLD? O HAROLD MINSKY? — Que menina *encostaria* nele? Tipo, com aquele cabelo? — Não. O Harold não tem namorada.

— Achei que não tinha mesmo — a Lucy disse, com ar pensativo. — Por isso é que é tão esquisito.

— O que é tão esquisito?

— Bom, o fato de parecer que ele não gosta de mim — ela respondeu. — Tipo, ele gosta de mim, acho. Mas não parece que ele *gosta* de mim. O que eu quero dizer é que...

— Eu sei o que você quer dizer — interrompi. — Você está dizendo que ele não deu em cima de você.

— Bom, é — a Lucy disse. — É só que é tão... estranho...

O negócio é que nem dava para ficar aborrecida com ela, de verdade, por dizer uma coisa dessas. Ela realmente não sabe agir de outra forma. A Lucy é o tipo de garota em que os meninos *sempre* dão em cima; todos os meninos, menos os gays ou os comprometidos, como o David. Ver um cara que não dá em cima dela, como parece que o Harold não deu, era uma experiência totalmente nova para ela.

E, evidentemente, aquele era um garoto que ela não estimava (que significa "apreciar ou gostar", mais uma para a prova) particularmente.

— Lucy — eu disse. — A mamãe e o papai gostaram do Harold porque acham que ele é o tipo de menino que *não* vai dar em cima de você. Então, a menos que você queira alguém ainda pior — apesar de que, para falar a verdade, realmente não existe ninguém pior que o Harold no quesito CDFismo. Tirando, talvez, alguém da escola da Rebecca e do David —, acho que é melhor não reclamar.

— Não vou reclamar — a Lucy disse, lançando um olhar para mim que dizia, claramente: "Você está louca?" — É só estranho, nada mais. Tipo, todos os meninos gostam de mim. Por que ele não gosta?

Aí eu senti uma onda de irritação em relação a ela. É verdade que a Lucy é capaz de ser a irmã mais legal do mundo (especificamente no caso da espuma contraceptiva que ela arrumou para mim).

Mas também é uma das pessoas mais vaidosas do planeta.

— Nem todo mundo julga as pessoas pela aparência, Lucy — eu disse a ela. — Tenho certeza que, no seu círculo de amizades, isso é ponto pacífico — (uma expressão que cai na prova e significa "convenção ou regra preestabelecida") —, mas o Harold provavelmente aprendeu a julgar as pessoas mais pelo que elas têm por dentro do que por fora.

Quando a Lucy só ficou olhando para mim sem entender nada, eu dei um tapinha na capa do DVD que ela estava alugando.

— Como ele -- eu disse, apontando para o Hellboy. — Ele parece mau, certo? Mas não é. Nem sempre é possível julgar as pessoas pela aparência. Pessoas feias podem ser bonitas por dentro. E pessoas bonitas podem ser feias por dentro. É só isso que estou dizendo. Talvez o Harold ache que o que você tem por dentro deixe a desejar.

— Por quê? — a Lucy quis saber, em tom azedo. — Eu não sou *má*. Nem burra, se é isso que você está pensando. Só porque não sei o que pândego quer dizer, não é motivo...

— Aliás, por que você se importa com isso? — perguntei a ela, só para me assegurar, sabe como é, que ela não estava se apaixonando pelo Harold, contra todas as leis da natureza. — Você já não tem namorado? Aliás, *cadê* o Jack?

— Ah — a Lucy disse, com o olhar no chão mais uma vez. — Ele não veio neste fim de semana. Eu disse para ele não vir. Sabe como é, por causa do jeito como a mamãe e o papai estão aborrecidos com essa coisa da prova.

— É — eu disse, com um pouco mais de solidariedade. — Eu fiquei sabendo da Bare Essentials. E da animação de torcida. Deve ser um saco.

— Sei lá — a Lucy disse com um dar de ombros. — Eu já estava meio cheia de animação de torcida mesmo. Não tem tanta graça quando você está no comando. Quero dizer, agora que estou no último ano, tenho que ajudar a fazer as coreografias e tudo o mais. É responsabilidade demais. Sabe do que eu estou falando?

Eu nunca tinha ouvido alguém dizer que criar uma coreografia de animadoras de torcida era uma responsabilidade difícil demais. Mas achei que devia aceitar a palavra dela. Deus bem sabe que eu nunca criei coreografia nenhuma. Talvez *fosse* difícil. Tão difícil quanto integrar um objeto de desenho com o fundo. Quem podia dizer?

— E o Jack ficou bravo? — perguntei a ela. — O que ele achou disso? — Porque o Jack é o tipo de pessoa que espera ser tratada como a coisa mais importante na vida de todo mundo.

— Ah, ele teve um ataque — a Lucy respondeu, toda animada. — Queria saber por que ele não podia ser meu professor particular... como se as notas *dele* tivessem sido muito melhores que as minhas. A mamãe e o papai vetaram a ideia de cara. Ficaram, tipo: *Será que vocês dois vão estudar mesmo?* Além do mais, o Dr. e a Sra. Slater querem que ele se concentre nos estudos, já que não anda dando muita atenção a isso com as viagens para cá todo fim de semana e tudo o mais. Ele tirou um F em um projeto qualquer, e os dois ficaram totalmente alterados por causa disso.

Era fácil imaginar aquilo. Os Slater tiveram que mexer muitos pauzinhos para conseguir fazer com que o Jack fosse aceito na FDRI, para começo de conversa, por causa das notas dele abaixo da média. Acho que a teoria toda de Jack como as notas não provam nada realmente não funcionou da maneira como ele tinha planejado.

— Então, acho que você vai ficar mesmo morrendo de saudade dele — eu disse, tentando oferecer um certo apoio fraternal. — Do Jack, quero dizer. Enquanto vocês dois estiverem separados, cuidando de melhorar as notas e tudo o mais.

— Acho que sim — a Lucy respondeu, sem prestar muita atenção. — Você acha que o Harold gosta de biscoitos com gotas de chocolate? Porque eu estava pensando em fazer uns para ele. Como uma espécie de agradecimento por me dar aula particular.

— A mamãe e o papai estão *pagando* para ele dar aula particular para você — observei. — Não precisa assar biscoitos para ele.

— Eu sei — a Lucy respondeu. — Mas nunca é demais ser gentil com as pessoas. — Ela pegou a sacola com o DVD dentro. — Bom, obrigada.

— De nada. — Aí, ao perceber que talvez eu estivesse com ideias ridículas na cabeça (tipo, a LUCY? Apaixonada pelo Harold Minsky? Faça-me o favor), completei: — E, hum, eu também agradeço. Pelo, hum. Sabe como é. O pacote que você deixou para mim.

— Ah, sem problema — a Lucy respondeu com uma piscadela que fez um dos CDFs esbarrar no display em tamanho natural do Boba Fett, mas ele logo se apressou em arrumar a bagunça.

— Ei, Madison. — O Stan de repente apareceu do meu lado e ficou lá com os olhos pregados na Lucy. — Ela é sua amiga?

— É minha irmã — respondi. — Lucy. Lucy, este aqui é o gerente da noite, o Stan.

— Muito prazer — a Lucy disse toda educada, enquanto o Stan só ficava olhando para ela, como se a Lucy simplesmente tivesse saído de um vídeo de *Amazing Nurse Nanako*.

— Oi — ele suspirou. Aí se recompôs e disse: — Olha, Madison, se você quiser ir para casa com a sua irmã, pode ir. Deixa que eu fecho a loja.

Olhei para o relógio na parede. Faltavam quinze minutos inteiros para o meu turno terminar. E ele ia me deixar ir para casa mais cedo! Meu Deus, às vezes era bom ter uma irmã tão gostosa.

— Obrigada, Stan — eu disse e peguei o casaco e a mochila.

— Hum, espera um segundo — o Stan disse quando me abaixei para passar por baixo do balcão e me juntar à Lucy.

Aí me lembrei e, em silêncio, entreguei minha mochila para ele, que abriu rapidinho e remexeu na parte de dentro, enquanto a Lucy observava com curiosidade.

— Prontinho — o Stan disse, ao terminar, e devolveu a mochila para mim. — Tenha uma boa noite.

— Obrigada — respondi. — A gente se fala.

E a Lucy e eu saímos juntas para o ar frio da noite.

— Ele examina a mochila de *todo mundo* antes de as pessoas saírem? — a Lucy quis saber assim que a porta se fechou atrás de nós. — Ou é só a sua?

— A de todo mundo — respondi.

— Meu Deus — a Lucy disse. — Você não fica louca com isso?

— Não sei — respondi. A verdade é que eu tinha coisas muito mais importantes com que me preocupar, além do fato de a minha bolsa ser ou não examinada depois do trabalho. E achei que a Lucy também tinha. — Ninguém examinava a sua bolsa na Bare Essentials?

— Não.

— Bom — eu disse, pensativa. — Na verdade, não dá para ganhar tanto dinheiro no eBay vendendo sutiãs quanto DVDs roubados.

— O quê? Está brincando? — a Lucy deu uma gargalhada de desdém. — Alguns daqueles sutiãs custam até oitenta paus. Fico surpresa de ver, Sam, você se submetendo a esse tipo de tratamento. Daquele tal de Stan. Você não é assim.

— Bom, e o que você quer que eu faça? — resmunguei. — Que organize uma manifestação?

— Sei lá — a Lucy respondeu. — Mas faça alguma coisa.

O que era muito bom e bonito para ela dizer. Tipo, a minha mãe e meu pai não a obrigavam mais a trabalhar. Eu precisava do meu emprego. Se quisesse pagar pelo meu material de arte.

Eu devia ter logo percebido. Tipo, a Lucy aparecer na Videolocadora Potomac daquele jeito devia ter servido de alerta para me avisar sobre o que estava acontecendo com ela.

Mas eu estava tão envolvida com meus próprios problemas que nem prestei atenção aos dela. Principalmente levando em conta que meus problemas logo ficariam muito maiores.

As dez principais razões por que eu sou uma péssima namorada:

10. Em vez de sair com o meu namorado no sábado à noite, prefiro cobrir o turno de uma colega de trabalho que foi presa naquele dia por se manifestar contra uma coisa que é muito importante para o pai do meu namorado.

9. E depois eu nem ligo para ele.

8. Para o meu namorado, quero dizer. Apesar de ele ter pedido para eu ligar. Nem depois de chegar em casa naquela noite e ver no noticiário que centenas de pessoas foram presas naquele dia por fingir que tinham morrido na frente do hotel em que ele estava jantando.

7. E quando ele (o meu namorado) liga, eu deixo cair na caixa postal. Simplesmente porque não tenho condições de falar com ele.

6. Apesar de saber que ele provavelmente está magoado.

5. Porque aquelas pessoas parecem odiar o pai dele de verdade mesmo.

4. Mas eu tenho problemas pessoais demais. Tipo, por exemplo, resolver se eu concordo com ele ou não. Com o meu namorado, a respeito de estarmos prontos. Para "você sabe o quê".

3. Não tenho certeza se estou.

2. Pelo menos, não na maior parte do tempo.

E a razão número um por que eu sou uma péssima namorada:

1. Eu também não ligo para ele no dia seguinte. Nem atendo quando ele me liga.

★ 7 ★

— *É que eles* simplesmente eram tão... sujos. — Isso foi o que a Catherine tinha a dizer a respeito dos manifestantes. Os que ela viu no noticiário. Os mesmos que estavam na frente do hotel Four Seasons quando a Dauntra foi presa. Aqueles com quem a Dauntra foi presa. — Parecia que eles não tomavam banho havia semanas.

— Eles estavam fazendo uma manifestação — observei.
— Em que se fingiam de mortos. E se deitavam no meio da rua. Por isso pareciam sujos.

— Não era só sujeira da rua — a Catherine disse com firmeza, enquanto examinava as maçãs no bufê de frutas e saladas do refeitório, em busca de uma que não estivesse muito amassada. — Eles simplesmente pareciam... sem-teto. Tipo, será que não podiam ter colocado umas roupas melhorzinhas?

— Eles não vão colocar roupa de ir à missa para deitar no meio da rua, Cath — eu disse.

— É, mas foi só uma observação. Se eles querem que as pessoas apoiem a causa deles, podiam pelo menos tirar alguns piercings ou qualquer coisa do tipo. Como é que vamos nos identificar com aquelas pessoas? Já não basta estarem detonando o presidente completamente? Precisavam ter aquele visual tão... esfarrapado?

— Elas não estavam detonando o presidente — eu disse. — Só estavam se manifestando contra as políticas...

Antes que eu tivesse tempo de continuar, a Kris Parks veio para cima de nós e falou bem assim:

— O que vocês duas estão fazendo aqui? Disseram que iam nos ajudar a arrumar o ginásio!

Eu não fazia absolutamente a menor ideia do que ela estava falando. Foi a Catherine que me deu uma cotovelada e disse:

— Para a assembleia de amanhã, está lembrada?

— Ah, certo — eu disse, tentando não parecer tão desanimada quanto eu me sentia. Porque a última coisa que eu queria era passar o horário de almoço ajeitando cadeiras dobráveis com a Kris Parks e suas asseclas detestáveis da Caminho Certo.

— Vamos lá — a Kris disse e me agarrou pelo braço. — Eu disse para todo mundo que você ajudaria.

E todo mundo no final era... bom, todo mundo. Não só o pessoal da Caminho Certo e outras pessoas da Escola Adams também, como a minha professora de alemão, a Frau Rider, que ficava andando de um lado para o outro e berrava: "Não derramem tinta no piso do ginásio!"

Não, a Kris também tinha convidado gente da imprensa. Para ver a mim, a menina que tinha salvado o presidente, ajeitando cadeiras dobráveis.

Não que muitos repórteres tivessem comparecido. Felizmente, a maior parte dos jornais prefere publicar notícias de verdade, não coisas sobre uma escola particular qualquer se preparando para uma visita do presidente. Ou talvez tenham percebido que a coisa toda não passou de uma armação da Kris só para ela aparecer no jornal e adicionar mais um recorte aos documentos que mandaria para as faculdades.

Mas alguns dos jornais independentes tinham aparecido, e os fotógrafos todos estavam muito ocupados batendo uma foto atrás da outra enquanto eu pintava um cartaz que dizia BEM-VINDO À ESCOLA ADAMS, PRESIDENTE, entediada até não poder mais.

Pelo menos até a Debra Mullins, a integrante da equipe de dança com quem a Kris tinha sido tão maldosa na semana anterior, ter entrado e perguntado, com a voz alta e animadíssima dela:

— O que vocês estão fazendo?

A Kris, sem esquecer de todas as câmeras apontadas para ela, respondeu:

— Estamos nos preparando para a visita do presidente na terça-feira à noite.

— O presidente vem *aqui*? — a Debra parecia impressionada. — Aqui na Escola Adams?

— Vem — a Kris respondeu. — Talvez, se você passasse menos tempo com o seu namorado embaixo da arquibancada e mais prestando atenção à aula, já soubesse disso.

A Debra piscou algumas vezes, estupefata, ao ouvir isso. Para dizer a verdade, eu fiz a mesma coisa.

— Será que isso era mesmo necessário? — perguntei à Kris depois que a Debra foi embora, cambaleando de tão confusa.

A Kris olhou para mim sem entender nada. Ela não fazia a menor ideia do que eu estava dizendo.

— O que era mesmo necessário? — ela perguntou.

— Aquilo — eu disse, apontando na direção da Debra com o cabo do meu pincel. — O que você disse a ela.

A Kris deu um sorriso maldoso.

— Não sei por que eu não poderia dizer aquilo — respondeu. — É a verdade, não é?

— É, mas ele é namorado dela. Se ela quiser ficar com ele embaixo da arquibancada, o que você tem a ver com isso?

— Eu não chamaria, nem de longe, o que a Deb e o Jeff fazem juntos de *ficar*, Sam. *Trepar* é mais adequado.

Só quando eu vi os olhos da Kris se apertarem foi que me dei conta do que estava acontecendo: todos os repórteres que estavam perambulando por ali, entediados até não poder mais, xingando os editores por terem lhes dado uma pauta tão chata, de repente aprumaram as orelhas e começaram a prestar atenção ao que nós estávamos dizendo. *Isso é bom*, praticamente dava para escutá-los pensando. A Menina que Salvou o Presidente Puxando Briga com a Líder da Caminho Certo? Um assunto de enorme interesse humano.

— E, aliás, Sam — a Kris disse, forçando um sorriso. Porque ela obviamente não podia dizer o que tinha vontade de dizer, que era: *Vai se ferrar, Sam* —, eu não sabia que você era tão amiga da Deb.

— Nós não somos amigas — eu explodi.

Aí me senti culpada, porque ficou parecendo que eu não seria amiga de uma menina como a Deb, por conta de ela ser uma "galinha", quando, na realidade, eu não seria amiga da Deb porque ela está na equipe de dança, e eu não suporto pessoas que ficam torcendo pela escola. A equipe de dança se apresenta no intervalo dos jogos de futebol americano e tudo o mais.

— O que eu quero dizer é que...

Mas não consegui explicar o que eu queria dizer porque, naquele momento, meu celular tocou.

O David. Tinha que ser o David.

E eu ainda não estava pronta para falar com o David.

Todo mundo estava olhando para mim. A Kris. A Catherine. A Frau "Não Derramem Tinta no Piso do Ginásio" Rider. Os repórteres.

Meu celular tocou de novo. "Harajuku Girls". Esse era o toque que eu tinha escolhido, da música da Gwen Stefani.

— Bom — a Kris disse —, você não vai atender?

Frustrada, tirei o telefone do bolso do jeans. Eu ia desligar a campainha, mas antes que pudesse fazer isso, a Kris deu uma olhada na tela de identificação de chamada onde o nome do David piscava.

— Aaaaah — ela disse, bem alto. — É o primeiro-filho!

Aí todas as câmeras de televisão presentes foram ligadas e as lentes se viraram direto para mim.

Não dava para ignorar a ligação do David. Não desta vez. Com uma sensação de enjoo no estômago, atendi.

— Alô?

— Sam? — Mais uma vez, o David conseguiu transmitir mil emoções diferentes na mesma palavra: alívio por eu finalmente ter atendido, felicidade por ouvir a minha voz e confusão e frustração devido ao fato de eu ter passado dois dias dando um gelo nele... e talvez até um pouco de braveza por causa disso também.

— Encontrei você. Por onde andou? Estou tentando falar com você desde sábado à noite.

— É — eu disse, incomodada com as câmeras em cima de mim. — Desculpe, as coisas estão uma loucura. Como está tudo?

— Você acha que as coisas estão uma loucura para você? — o David deu uma risada. — Tem assistido à televisão ultimamente? Viu o que aconteceu na noite de sábado? Foi uma pena você não ter ido. Ia adorar.

— É — respondi. — Provavelmente. Na verdade, David, este não é um bom momento para falar.

— Bom, e quando *seria* um bom momento para falar, Sam? — o David perguntou. Agora ele não parecia mais estar dando risada. — Você mal fala comigo desde quinta. Será que tem algum horário para mim na sua agenda tão cheia?

— Ei — eu disse. — Foi VOCÊ que saiu com seus pais no sábado. — E, mesmo antes de terminar de falar, percebi que aquilo não era justo. Quero dizer, ele tinha me convidado para ir junto.

E, também, os pais dele não são simplesmente... bom, pais *normais*.

— Qual é o problema, Sam? — o David, em tom confuso, queria saber. — E não me diga que não é nada. Sei que alguma coisa está rolando. Você está brava comigo ou o quê?

De repente, me dei conta do silêncio que tinha se instalado no ginásio. E aquilo era estranho, porque tinha muita gente ali, todo mundo ocupado com coisas um tanto barulhentas, como dobrar cadeiras e arranjá-las em fileiras compridas.

Mas tudo tinha parado. Em vez de trabalhar, todo mundo no ginásio simplesmente estava lá parado, só olhando para mim. Até a Catherine estava com o pincel suspenso no ar ("Não derrame tinta no piso do ginásio!", a Frau Rider assobiou por entre os dentes) e olhava para mim. O único som que se escutava era o ronco suave das câmeras de televisão que me filmavam.

— Porque está parecendo — a voz do David prosseguiu no meu ouvido, agora menos confusa e mais aborrecida — que desde que eu convidei você para viajar no feriado de Ação de Graças, você ficou brava comigo. E eu quero saber por quê. O que foi que eu fiz?

— Nada — respondi, apunhalando com os olhos a Kris Parks, que tinha no rosto um sorrisinho de gato que engoliu o canário. Só porque tinham me filmado discutindo com o meu namorado. — Agora eu preciso desligar. Mais tarde eu explico por quê.

— Está dizendo que você vai explicar depois por que precisa desligar agora? — o David quis saber. — Ou por que está tão brava comigo?

— Não estou — eu disse. — De verdade. Eu explico mais tarde, tá?

— De verdade? Ou será que vai evitar meus telefonemas de novo mais tarde?

— De verdade — respondi. Então completei, com uma esperança desesperada de que ele compreendesse algo que nem eu conseguia entender. — Te amo.

— Eu também te amo — ele disse. Só que de um jeito meio impaciente. Aí, desligou.

Eu também desliguei. E depois guardei o telefone. Aí, com as bochechas em fogo e olhando para os pés, retornei ao cartaz que eu estava pintando.

— Está tudo bem? — a Catherine perguntou com gentileza e me entregou o pincel que eu tinha largado.

— Está — eu disse, tentando dar algum tipo de toque artístico às letras que eu preenchia: o ENTE de PRESIDENTE

— É bom saber — a Kris Parks disse, debruçando-se por cima das letras. — Eu detestaria ver problemas no paraíso.

E foi aí que, por motivos que nunca vou compreender, eu chutei a lata de tinta, de modo que ela saiu rolando por cima da faixa toda que dizia BEM-VINDO À ESCOLA ADAMS, PRESIDENTE. Derramando tinta no sapato de todo mundo que trabalhava no cartaz. E por todo o piso do ginásio.

— Aaiiiii! — a Frau Rider berrou ao ver a cena.

— Sam! — a Catherine exclamou e saltou para fora do caminho da tinta.

— Sua vaca — a Kris Parks gritou quando viu o que eu tinha feito com os sapatos Kenneth Cole dela.

E foi aí que larguei meu pincel no meio do garrafão e saí andando.

As dez melhores maneiras de se manter ocupada quando se está de castigo na Academia Preparatória John Adams:

10. Terminar o dever de casa de trigonometria.

9. Roer as unhas.

8. Tentar fazer a leitura obrigatória de alemão.

7. Imaginar o que seus pais vão fazer quando souberem que você ficou de castigo.

6. Chegar à conclusão de que eles provavelmente vão proibi-la de ir a Camp David com o seu namorado no feriado de Ação de Graças.

5. Chegar à conclusão de que isso provavelmente não vai ser assim tão ruim.

4. Escrever a redação pessoal para a aula de inglês, sobre *O que o Patriotismo Significa para Mim*. Escrever que patriotismo significa discordar do governo sem ter que ir para a cadeia.

3. Fazer seu próprio mangá. Mas não um daqueles ridículos com meninos que se transformam em coelhos fofinhos ou sei lá o que quando a heroína dá um abraço neles. Mas um legal, em que a heroína tem a missão de vingar sua família, igual à Uma Thurman em *Kill Bill*, e mata todo mundo que se coloca no seu caminho.

2. Desistir do mangá depois de cinco quadrinhos porque é difícil demais e tentar, em vez disso, desenhar seu namorado de memória, concentrando-se no todo e não nas partes.

E a coisa número um a se fazer durante o castigo na Escola Adams:

1. Ficar imaginando se seu namorado por acaso ainda gosta de você, devido à maneira como você o anda tratando. E se preocupar que ele pode retomar a consciência e perceber que poderia com facilidade arrumar uma namorada que seja muito menos louca que você.

★ 8 ★

Meus pais se comportaram de maneira estranhamente relaxada em relação à coisa de ficar de castigo na escola. Assim que souberam do envolvimento da Kris Parks, só falaram assim:

— Ah, certo. Só não faça de novo.

Até a Theresa disse:

— Estou orgulhosa de você, Sam, por não ter virado a tinta na cabeça dela.

E isso me fez perceber que eu realmente tinha progredido muito neste ano, crescendo como ser humano. Porque, no ano passado, eu teria feito isso com toda certeza. Teria virado a tinta na cabeça da Kris Parks, não no sapato.

Ninguém se deu ao trabalho de perguntar por que eu tinha feito aquilo. Por que eu sem querer querendo chutei tinta por todo o chão do ginásio, quero dizer. Ninguém além da Lucy, que entrou toda animadinha no meu quarto depois do jantar, enquanto eu fazia cara feia para o meu dever de alemão.

— Então — ela disse, jogando-se ao lado do Manet na minha cama, sem esperar convite. — O que está acontecendo entre você e o David?

— Nada — respondi, sentindo uma onda de irritação em relação a ela. Nem me pergunte por quê. Tipo, ela só tem sido legal comigo, com a coisa da camisinha/espermicida e tudo o mais.

Provavelmente, minha irritação não era com a Lucy. Provavelmente eu estava irritada comigo mesma. Porque eu ainda não tinha ligado de volta para o David. Eu simplesmente não fazia a menor ideia do que diria a ele.

— Bom — a Lucy disse, revirando os olhos e olhando para o teto do meu quarto. — Então, por que você está evitando as ligações dele?

Fiquei só olhando para ela.

— Quem disse que estou evitando as ligações dele?

— Na escola, não se fala de outra coisa — a Lucy respondeu em tom entediado. — Não foi por isso que você ficou tão brava e derramou a tinta? Porque a Kris fez um comentário sobre o assunto?

— Não — menti.

— Ah — a Lucy respondeu com uma risadinha. — Certo. Tanto faz.

Mas ela não saiu. Simplesmente ficou lá deitada, brincando com a franja de pelo por cima dos olhos do Manet. Eu sabia que ela ia tentar fazer uma trancinha ou, pior, colocar fivelinhas de borboleta. Eu detesto quando ela faz isso. Os sheepdogs têm pelo na cara por um motivo. Os olhos deles são muito sensíveis à luz.

Olhei para a Lucy enquanto ela penteava a franja do Manet com os dedos, fazendo um falso moicano. O negócio é que a Lucy tem *mesmo* alguma experiência no departamento dos meninos. Havia uma chance (uma pequena chance, mas, mesmo assim, uma chance) de que ela soubesse como me ajudar. Afinal de contas, ela já esteve nessa mesma situação, no passado.

Fechei meu livro de alemão.

— É só que — eu disse, endireitando as costas na cadeira — eu não sei. Tipo, eu quero Fazer Aquilo com ele e tudo o mais. Mas e se...

A Lucy largou o pelo do Manet e se ajeitou, de modo a ficar com a cabeça apoiada em cima do Manet. Parece que o Manet nem notou.

— E se o quê?

— E se, tipo... eu não gostar?

— Bom, você tem treinado? — a Lucy perguntou.

Fiquei só olhando para ela.

— Treinado? Treinado o quê?

— Fazer amor — a Lucy respondeu. — Olha, é fácil. Entra na banheira. Abre a água. Escorrega até o fundo da banheira, até "você sabe o quê" ficar embaixo da água corrente. Aí, finge que a água é o cara e deixa...

— AI, MEU DEUS.

A Lucy só ficou olhando para mim sem entender nada.

— O quê? — Ela pareceu ter ficado totalmente surpresa por eu ter ficado tão chocada. — Você nunca experimentou? Cara, funciona total.

— LUCY! — eu praticamente berrei. Pelo menos foi alto o suficiente para o Manet erguer a cabeça e olhar ao redor, todo sonolento.

— O que foi? — a Lucy perguntou de novo. — Não tem nada de errado com isso.

— É por ISSO que você sempre passa tanto tempo na banheira — perguntei com a voz esganiçada.

— Claro — a Lucy respondeu. — O que você achava que eu ficava fazendo lá?

— Não ISSO — respondi. — Achei que você ficava... Sei lá. TOMANDO BANHO. E lendo aqueles livros de amor que você tem.

— Bom, isso também — a Lucy respondeu. — Eles me ajudam total, sabe como é. Alguns deles são mesmo muito descritivos. Mas pensar no Orlando Bloom supostamente também ajuda. Enquanto você deixa a água fazer o seu trabalho. O Orlando não funciona para mim. Mas ouvi dizer que funciona para muitas meninas.

Eu não conseguia parar de olhar para ela.

— É sobre ISSO que vocês ficam conversando na mesa dos populares no refeitório? Em quem vocês pensam enquanto estão... embaixo da torneira?

— Na mesa do almoço não, sua boba — a Lucy respondeu com uma risada. — Ali tem *caras* presentes. Os caras não querem saber que você pensa em nada que não seja eles. Pode acreditar. Mas quando não tem nenhum cara por perto, sim, nós conversamos sobre esse tipo de coisa. Acho que a Tiffany Shore foi a primeira a se ligar. Ela leu a respeito numa revista. Mas ela usa um chuveirinho.

— AI, MEU DEUS! — berrei de novo.

A Lucy parecia surpresa com o meu ataque.

— Bom, as meninas não são iguais aos meninos — ela disse. — Nós não nascemos sabendo Fazer Aquilo. E você não pode deixar por conta do *cara*. A maior parte deles nem pensa se VOCÊ está aproveitando ou não. É por isso que a prática é tão importante. E você também tem que entrar no clima. É por isso que eu costumo pensar naquele cara de *O Conde de Monte Cristo*...

— O Jim Caviezel? — interrompi, mais horrorizada que nunca.

— É. Ele é o maior gostoso.

Não dava para acreditar que eu estava tendo aquela conversa.

Minha incredulidade devia estar na minha cara, porque a Lucy completou:

— Fala sério, Sam. Você não pode ficar achando que o cara vai saber o que fazer para você ter um orgasmo. Você precisa fazer isso sozinha. Pelo menos, até ter oportunidade de ensinar a ele o que fazer.

Isso tudo era novidade para mim.

— Você ensinou ao Jack? — eu quis saber. Porque não dava para acreditar que o Jack algum dia permitiria que alguém ensinasse qualquer coisa para ele. Nem a Lucy. Ele basicamente pensa que já sabe tudo.

— O Jack? — A Lucy ficou com uma expressão esquisita no rosto. Esquisita como se fosse começar a chorar.

De verdade. Só por isso. Só porque ouviu o nome dele.

E aí, antes que eu me desse conta, ela já estava com o rosto enfiado no pelo branco e cinza grosso do Manet.

— Lucy? — Preocupada, estiquei a mão e peguei no braço dela. — Está tudo bem? Você está... enjoada, ou qualquer coisa do tipo?

— Estou enjoada, sim — a Lucy disse, com o rosto enfiado no quadril do Manet. — Estou enjoada desse *nome*.

Fiquei olhando para ela sem entender nada. Nome? Que nome? O nome do *Jack*?

— Aconteceu alguma coisa? — perguntei, preocupada. — Entre você e o Jack?

Antes de as palavras terminarem de sair da minha boca eu percebi como elas soavam estúpidas. *Obviamente*, alguma coisa tinha acontecido entre ela e o Jack. Será que ele tinha conhecido uma outra menina, uma menina de *faculdade*?

Claro que não. O Jack era fixado na Lucy. Ele nunca a trairia! Então, qual era o problema?

Engoli em seco, lembrando o que meu pai tinha dito na sala na outra noite. E se minha mãe finalmente tivesse deixado meu pai fazer as coisas do jeito dele e tivesse proibido a Lucy de se encontrar com o Jack? E se a Lucy estivesse planejando fugir com ele, hoje à noite, na garupa da moto dele, igual à Daryl Hannah e ao Aidan Quinn naquele filme *Jovens sem Rumo* que eu vi no canal do romance? Ai, meu Deus, a Lucy até é animadora de torcida, igual à personagem que a Daryl interpretou! E o Jack tem uma jaqueta de couro, igual ao cara que o Aidan interpretou!

Mas onde eles iriam morar se fugissem juntos? Eles não têm dinheiro. A Lucy nem tem mais o emprego dela na Bare Essentials! Eles vão ter que morar...

EM UM BAIRRO POBRE DE TRAILERS.
IGUAL AO DARYL E À SHARONA.

— Lucy — eu disse, apertando o ombro dela com mais força. — Você não pode fugir com o Jack. Você não pode morar em um bairro de trailers. Esses lugares são atingidos por furacões o tempo todo.

A Lucy ergueu o rosto do pelo do Manet e ficou me observando com seus olhos inchados por causa das lágrimas.

— Fugir com o Jack? Eu não vou fugir com o Jack. Eu nem estou mais com ele. Mandei uma mensagem instantânea na semana passada dizendo que estava tudo terminado entre nós.

Meu queixo caiu.

— O QUÊ?

— Você ouviu bem. — A Lucy finalmente se sentou ereta e eu vi os rastros brilhantes que as lágrimas tinham deixado nas bochechas dela. Não era muita surpresa, mas ela continuava bonita, mesmo com pelos de cachorro presos aos rastros das lágrimas no rosto.

Realmente, não existe justiça no mundo.

— Você terminou com o Jack? — Parecia que meu cérebro estava derretendo. — Com uma mensagem instantânea?

— É — a Lucy disse, tirando os pelos do rosto. — E daí?

— Bom, tipo, isso não é um pouco... — Como é que ela podia não saber disso? — Não é um pouco... frio?

— Não estou nem aí — a Lucy disse com uma fungada. — Eu não aguentava mais os choramingos patéticos dele nem um segundo. Ele estava me *sufocando*. Poxa, ele está na *fa-*

culdade. Seria de se pensar que ele teria mais o que fazer além de vir para cá o tempo todo para me incomodar.

— Hum — respondi. — Bom, o Jack ama você de verdade, sabe como é. Ele não pode fazer nada se fica com saudade.

— É, mas ele bem que podia fazer alguma coisa a respeito de ser um louco que só quer controlar tudo, não é mesmo? Meu Deus, como é bom não ter mais ele no meu pé. *"Não acredito que você vai ao jogo em vez de ficar comigo."* — ela disse, com uma imitação surpreendentemente perfeita do ex-namorado. — *"Às vezes eu fico achando que você se importa mais com a sua equipe idiota do que comigo."* Como se o fato de eu querer me divertir com as minhas amigas fosse algum tipo de insulto pessoal a ele!

Não dava para acreditar naquilo. A Lucy e o Jack separados? E separados de verdade, pelo que parecia, e não apenas passando por uma de suas várias brigas. Será que era possível que tudo estivesse mesmo acabado entre os dois? Que aquele era o fim?

— Mas você ficou com ele durante anos e anos — eu disse. — Vocês dois foram votados como o casal com maior probabilidade de se *casar*.

— É — a Lucy disse. — Bom, não deu certo, não é mesmo?

— Mas ele foi o seu primeiro — exclamei.

— Meu primeiro o quê? — a Lucy perguntou.

— Acorda — eu disse. — Seu primeiro AMOR.

A Lucy fez uma careta.

— Nem me fala. Se eu fosse mais escolada, não teria escolhido uma pessoa tão mal-humorada. Nem tão carente. Se eu fosse mais escolada, teria escolhido alguém mais parecido com o...

Fiquei olhando para ela.

— Com quem?

— Ninguém — a Lucy se apressou em responder. — Deixa para lá.

— Não, estou falando sério — eu disse. — Quem? Pode me contar, Lucy. Eu quero saber. E não vou contar para ninguém.

O David, pensei. Ela vai dizer o David. Claro que ela quer um namorado igual ao David. O David inventou apelidos bagaceira para nós. Ela e o Jack nunca inventaram apelidos bagaceira um para o outro.

E ela sabe que, quando o David me liga, nunca é para se assegurar que não estou saindo com outro cara, mas porque ele realmente se preocupa em saber se estou bem, e quer saber como foi o meu dia.

E ela vê como o David me acompanha até a porta toda vez que me traz em casa. E, tudo bem, às vezes esta também é a única oportunidade que temos para dar uns amassos, e isso pode contribuir um pouco para a motivação do David.

Mas tanto faz. A Lucy não precisa saber disso. O Jack *nunca* acompanhou a Lucy até a porta.

Ela quer um namorado que seja mais como o meu. Tem que querer.

E não posso dizer que eu a culpe. Meu Deus. Pensando bem, o David é tipo o namorado perfeito.

Então, por que estou sendo tão maldosa com ele?

— É só que... — a Lucy disse, soltando um soluço repentino. — É só que... ele é tão inteligente!

Coitada da Lucy. O David com certeza é bem mais inteligente que o Jack. Não há como negar. É verdade que o Jack é um artista talentoso, mas nem por isso é obrigatoriamente inteligente. Lembro uma vez que ele insistiu que o Picasso tinha inventado o fauvismo. É sério.

— É — disse, em tom solidário. — Ele é mesmo, não é?

— Tem algo de muito charmoso em um cara que sabe... bom, *tudo* — a Lucy prosseguiu, mais uma vez com jeito de quem ia começar a chorar. — O Jack só PENSA que sabe tudo.

— É — respondi, pensando Coitada da Lucy. Ah, se pelo menos o David tivesse um irmão... — É, ele é assim, não é mesmo?

— Durante todo aquele tempo que ele ficava se fazendo de rebelde urbano... Que tipo de rebelde você pode ser quando seus pais pagam tudo?

— É verdade — eu disse. — Muito verdade.

— O negócio é que o Jack só fazia pose — a Lucy disse, ainda com olhos lacrimosos.

— É — respondi. Ninguém jamais pode dizer que o David faz pose. Ele é sempre, e de maneira muito sólida, ele mesmo e mais ninguém. — Ele *era* mesmo meio posudo, não era?

— Eu não quero ficar com um cara que só faz pose — a Lucy disse. — Eu quero a coisa *verdadeira*. Quero um homem de *verdade*.

Como o David. Bom, não dava para culpá-la.

— Você vai encontrar — garanti a ela. — Algum dia.

— Eu já achei — a Lucy respondeu. — Já encontrei esse homem.

O que me fez dizer assim:

— Espera. O quê?

— Eu já encontrei — ela respondeu com um soluço. — M-mas ele não quer saber de mim!

Então ela enterrou a cabeça no meu colo com um soluço.

— Espera. — Eu fiquei olhando para o monte de seda vermelho-dourada espalhado por cima das minhas coxas sem entender nada. — Você encontrou esse homem? ONDE?

— Na es-escola — a Lucy choramingou.

E, apesar de eu *saber*, lá no fundo, que ela não estava falando do David, aquilo me deu um certo alívio. Não era no meu namorado que ela estava de olho.

— Bom, isso é ótimo, Lucy — eu disse, ainda confusa. — Você ter encontrado alguém tão rápido...

— Você não está escutando o que estou dizendo? — a Lucy quis saber, sentando-se ereta e olhando furiosa para mim com seus olhos avermelhados. — Eu disse que ele n-não quer saber de mim!

— Não quer? — fiquei olhando para ela. — Mas por quê? Ele já tem namorada?

— Não — a Lucy disse, sacudindo a cabeça. — Não que eu saiba.

— Bom, então ele é... tipo, ele é *gay*? — Porque essa seria a única razão que eu podia encontrar para um menino não gostar da minha irmã, se já não estivesse apaixonado por outra menina, como o David.

— Não — ela disse. — Acho que não.

— Bom, então, por quê...

— Não SEI por quê — a Lucy disse. — Eu já FALEI isso. Já fiz de TUDO para fazer ele prestar atenção em mim. Coloquei a minha minissaia mais curta na última vez que estive com ele... sabe aquela que a Theresa ameaçou jogar no lixo se me pegasse usando fora de casa de novo? Passei duas horas fazendo a maquiagem. Até passei lápis de contorno na boca. E o que eu recebi em troca? — Estocou o colchão com a unha perfeita do dedo. — NADA. Ele *continua* sem saber que eu existo. Eu perguntei a ele, sabe como é, se queria ir ao cinema neste fim de semana... para ver o novo filme do Adam Sandler... e ele disse... ele disse... ele disse que TINHA OUTRO PROGRAMA!

Ela agarrou uma almofada e pressionou contra o rosto enquanto chorava.

— Bom — eu disse, olhando para ela sem entender nada —, talvez ele tivesse mesmo. Outro programa, quero dizer.

— Não tinha — a Lucy soluçou. — Dava para ver que não tinha.

— Bom... talvez ele não goste do Adam Sandler. Muita gente não gosta.

— Não é isso — a Lucy disse. — Sou eu. Ele simplesmente não gosta de MIM.

— Lucy — eu disse —, todo mundo gosta de você. Certo? Todos os caras que não têm namorada e que não gostam de outros caras e não de meninas gostam de você. Tem que ser alguma outra coisa. Aliás, quem é esse cara?

Mas a Lucy só sacudiu a cabeça e chorou.

— Que diferença faz? Que diferença qualquer coisa faz se ele nem sabe que eu existo?

A Lucy se largou de novo na cama, chorando feito louca. Fiquei olhando para o corpo dela de bruços, tentando encontrar sentido no que eu acabara de escutar. Minha irmã (aquela que era animadora de torcida, vendedora da Bare Essentials, a deusa do cabelo vermelho de Tiziano, a menina mais popular da Escola Adams) estava apaixonada por um cara que não dava a mínima para ela.

Não. Não, isso simplesmente estava completamente errado. Não batia.

Fiquei lá sentada, tentando digerir todas aquelas informações. Não fazia o menor sentido. Que tipo de menino dizia NÃO a um convite da menina mais bonita da escola? Ela disse que ele era intcligente... bom, quão inteligente podia ser, se estava dispensando a minha irmã? A menos que ele...

De repente, engoli em seco, à medida que o terror completo do que ela estava tentando me dizer ia se instalando.

— Lucy! — exclamei. — É o HAROLD? Você gosta do HAROLD MINSKY?

A única resposta dela a isso foi chorar ainda mais.

E eu entendi. Entendi tudo.

— Ah, Lucy — eu disse, tentando não dar risada. Eu sabia que não devia achar a situação engraçada. Afinal de contas, a Lucy estava abalada de verdade. Mas a minha irmã e o Harold Minsky? — Sabe, o Harold não deve estar assim muito acostumado a receber convites de meninas. Talvez você...

sabe como é. Tenha pegado ele de surpresa. E foi por isso que ele disse que tinha outro programa. Talvez tenha sido a primeira coisa que lhe veio à cabeça.

Isso fez com que ela erguesse os olhos e me fitasse por entre as lágrimas.

— Como assim, ele não está acostumado a receber convites de meninas? — ela quis saber. — O Harold é tão inteligente... As meninas devem fazer convites a ele o tempo todo.

Agora tinha ficado muito difícil MESMO não dar risada.

— Hum, Lucy — eu disse, sem acreditar muito bem que eu precisava dar esta explicação à minha irmã mais velha (a menina que acabara de me informar a respeito de um uso alternativo para a torneira da banheira). — Nem todas as meninas se interessam por meninos como o Harold. Muitas meninas gostam dos meninos por causa do, hum, corpo deles, e por causa da personalidade, não por causa da cabeça.

A Lucy me lançou um olhar injuriado.

— Do que você está falando? O corpo do Harold é ótimo. Por baixo daquelas camisas largonas. Eu sei, ele derrubou um pouco da paella da Theresa em uma delas e teve que tirar para ela lavar e eu vi como ele ficava só com a camiseta de baixo.

Uau. O Harold deve ficar puxando ferro ou algo assim no porão da casa dele, porque, se o corpo dele é bom, com toda a certeza não é por participar de um time esportivo da Escola Adams.

— É só que... — ela prosseguiu. — Tipo, eu assisti a *Hellboy*. Eu disse a ele que assisti a *Hellboy*. E nós tivemos, sabe como é, uma conversa a respeito de como deve ser difícil defender os outros contra as forças da escuridão quando você próprio é o príncipe da escuridão. Depois disso, achei que ele perceberia...

Quando a voz dela sumiu, eu perguntei, com toda a suavidade:

— Perceberia o quê, Lucy?

— Bom, que ele não devia ME julgar pela *minha* aparência — ela disse, com os olhos muito azuis e indignados. — Quero dizer, eu não posso fazer nada se sou assim, do mesmo jeito que o Hellboy não pode ser diferente do que é. Eu posso parecer uma menina popular convencida, mas não sou. Por que o Harold não consegue enxergar isso? POR QUÊ? A Liz conseguiu enxergar além dos chifres do Hellboy.

Eu nunca tinha ouvido a Lucy falar de um jeito tão passional a respeito de nada. Nem mesmo sobre a animação de torcida. Nem mesmo sobre os batons Bonne Bell Lip Smackers. Nem mesmo sobre a nova linha de outono de calcinhas da Bare Essentials.

Não parecia possível, mas... talvez ela estivesse mesmo apaixonada pelo Harold. Tipo, apaixonada *de verdade* por ele.

Fico aqui me perguntando se o Harold faz ideia do que despertou no sutiã 40 de bojo grande com suporte da minha irmã.

— Talvez — eu disse com muito cuidado, já que uma animadora de torcida (mesmo que seja uma ex-animadora de torcida) apaixonada é uma coisa muito volátil — você devesse conceder ao Harold o benefício da dúvida. Quero dizer, talvez ele veja *sim* quem você é de verdade, por baixo dos seus, hum, chifres, e simplesmente não consiga acreditar que uma pessoa tão chifruda quanto você possa se interessar por ele.

Isso não soou muito bem, e o olhar arregalado da Lucy me informou que eu tinha estragado tudo de vez.

Então, eu disse:

— Olha, quem sabe você não o convida para sair de novo no próximo fim de semana para ver o que ele diz?

— Você acha? — a Lucy me espiou com os olhos inchados (mas sempre lindos). — Você acha que ele talvez só seja... tímido ou algo assim?

— É possível — respondi. Apesar de que tímido não era a palavra certa. Desligado, talvez. Ou talvez tivesse medo que a Lucy só tivesse feito o convite para zoar com a cara dele. — Nunca se sabe.

— Porque eu estava pensando que pode ser porque... porque eu sou tão burra.

— Lucy! — Abaixei os olhos para ela, com o coração inchado de pena. Pena! Da Lucy! A menina que sempre conseguiu tudo que desejou... até agora, parece.

Porque o negócio é que... Bom, há uma grande chance de que ela tenha razão. A respeito de o Harold não gostar dela por ela não ser exatamente a oradora da turma. Tipo, o que aqueles dois têm em comum? A Lucy só quer saber de manguinhas com corte seco e jeans da Juicy Couture. O Harold só quer saber... bom, de megabytes.

— Não pode ser verdade — eu disse, apesar de, é claro, uma parte de mim achar que havia uma boa chance de ser. — Você não é, sabe como é, estudiosa como o Harold. Mas aposto que sabe um monte de coisas que ele não sabe. Tipo... hum...

Mas a única coisa em que consegui pensar que a Lucy devia conhecer e o Harold não era, bom, prevenção à gravidez.

— Eu decorei todas aquelas palavras de vocabulário idiota que ele me deu — ela disse, amarga. — *Estuário* e *substrato*. Na esperança de que assim ele fosse perceber, sabe como é, que eu realmente estou me esforçando. Quero dizer, eu *desejo* ser inteligente como ele. De verdade. Do mesmo jeito que o Hellboy quer ser bom. Mas o Harold mal notou. Ele só falou, tipo: *Muito bem. Agora, decore estas outras palavras*.

— Ah, Lucy — eu disse. — Sabe, você realmente devia fazer outro convite a ele. Talvez ele nunca tenha imaginado que você gosta dele... sabe como é. Do jeito que gosta. Talvez ele ache que você só gosta dele como amigo — eu disse em tom esperançoso.

A Lucy olhou sem enxergar para o meu pôster gigante da Gwen com o vestido de noiva dela (tirado da *Us Weekly* e ampliado na copiadora da Casa Branca) e suspirou.

— Bom. Tudo bem, acho. Talvez eu possa fazer outro convite. Meu Deus.

— Meu Deus o quê?

— Bom... — a Lucy parecia pensativa. — Agora eu sei como todas aquelas meninas da escola devem se sentir.

— Que meninas?

— Aquelas que convidam os caras para sair — ela respondeu. — E os caras sempre dizem não. Eu não fazia ideia de que era *assim*.

— Rejeição? — Tentei não fazer cara de muito interessada. — É. Isso realmente pode ser um saco.

— Nem me diga. — Ela olhou para o relógio. — Meu Deus, preciso estudar mais dez páginas de vocabulário antes de pensar em ir para a cama. Obrigado pela conversa de incentivo, mas preciso sair fora.

Mas eu a detive já à porta.

— Lucy?

Ela fez uma pausa e olhou por cima do ombro, com aquele rosto impossivelmente lindo dela, apesar das lágrimas e dos pelos do Manet que ela ainda não tinha tirado.

— O que é?

— Fico feliz por você e o Jack terem terminado — eu disse. — Você merece coisa melhor. Apesar de ele ter sido, sabe como é. O seu primeiro.

— Foi o primeiro — a Lucy disse. — Mas espero que não tenha sido o último.

— Não vai ser — eu disse. — E, Lucy?

— Hã? — ela disse.

— Você sabia — completei, meio sem jeito — que o cara que fez o papel de Conde de Monte Cristo também fez o de Jesus naquele filme que o Mel Gibson dirigiu?

Finalmente, foi a vez de a Lucy parecer chocada.

— Não acredito!

— Hum, é, fez sim. Então, de certo modo, todas aquelas vezes na banheira, você ficou...

— NÃO DIGA ISSO! — a Lucy exclamou. E então saiu correndo para o quarto dela.

E também não posso dizer que a culpei por isso, de verdade. Por ter batido a porta com tanta força atrás de si.

Os dez motivos principais por que é um saco ser irmã da menina mais popular da escola:

10. Quando o telefone toca, nunca, nunquinha é para você.

9. O mesmo vale para a campainha.

8. A porta da geladeira da cozinha é completamente tomada por recortes de jornal em que ela aparece. A única coisa ali sobre você é um cartão-postal do dentista, lembrando que está na hora da sua consulta de seis meses.

7. Ela nunca, nunquinha para de falar no telefone tempo suficiente para você fazer uma ligação.

6. Todo mundo acha que você vai querer participar da equipe de animadoras de torcida também, mas, quando você não quer, as pessoas agem como se você tivesse algum problema.

5. Ela sempre consegue fazer tudo antes, seja namorar um menino, dirigir, assistir a filmes proibidos para menores, passar as férias de inverno esquiando em Aspen com uma amiga e os pais dela, qualquer coisa, a Lucy já fez, muito antes de mim, e provavelmente melhor.

4. Quando as pessoas nos comparam a personagens de filmes de John Hughes, a Lucy sempre é a Molly Ringwald, e eu sempre tenho que ser o Eric Stoltz. Que nem é menina.

3. Não existe nada mais desmoralizante para uma pessoa contrária ao sistema como eu do que ter que ficar escutando a voz animadinha da irmã dando os avisos toda manhã, na semana da torcida escolar, na sala de estudo.

2. Ela é eleita rainha do baile. Eu sou eleita para monitora do lixo da aula de arte.

E o motivo número um por que é um saco ser irmã da menina mais popular da escola:

1. Eu nem posso odiá-la. Porque a verdade é que ela meio que é o máximo.

★ 9 ★

Então, eu liguei para ele.

Não sei por que, de verdade. Bom, tudo bem, acho que sei sim por quê.

E não foi porque a Lucy terminou com o Jack nem porque eu percebi como o David é maravilhoso em comparação com o ex fracassado dela. Não é isso, eu sempre soube que o David é ótimo.

E não foi por causa do discurso passional dela a respeito do Hellboy que eu tomei mais consciência de que o amor que o David e eu compartilhamos (como o amor que o Hellboy e a Liz têm um pelo outro) é uma coisa preciosa, daquele tipo que só acontece uma vez na vida e tudo o mais.

Não, a verdade é que eu aceitei o conselho da Lucy. Sobre a coisa da banheira.

E deu certo, total.

Tipo, deu *supercerto*.

E, de repente, a ideia toda de passar o fim de semana do feriado de Ação de Graças com o David simplesmente começou a parecer muito mais, hum... interessante.

Não que eu estivesse pronta para dizer que sim nem nada. Ao convite dele, quero dizer. Eu ainda estava completamente apavorada com a coisa toda. Mas com certeza estava mais... *interessada* do que antes.

O único problema era que o David, quando eu finalmente consegui falar com ele, mais tarde naquela mesma noite, não parecia assim tão... interessado.

Nem quando eu expliquei para ele que a culpa não era dele, mas minha.

— É sério — eu disse. — Eu quero... quero... — não sabia muito bem colocar em palavras o que eu queria. *Transar com você*? Ou será que eu devia usar o vernáculo (uma palavra que significa "linguagem característica de um grupo ou pessoa em particular") dele e dizer: *Jogar ludo com você*?

Percebi que também não conseguiria fazer isso, e acabei me contentando com:

— ...passar o feriado de Ação de Graças com você, David. De verdade, quero mesmo. Mas fico pensando no que as pessoas vão *dizer*. Se descobrirem, quero dizer.

— Sam — o David disse, com uma voz que quase dava para descrever como sofrida. Só que... por que *ele* estava sofrendo? As coisas são mesmo muito fáceis para os meninos. — Eu não faço a menor ideia do que você está falando.

— E isso foi uma atitude completamente masculina da parte dele.

— É que as coisas simplesmente são muito diferentes quando se é menina — expliquei. Ou tentei explicar. — Você entende o que estou dizendo?

— Para falar a verdade — o David respondeu no mesmo tom desinteressado que estava usando desde que pegou o telefone —, eu não entendi uma única palavra que você me disse a semana toda.

Meu Deus. Eu realmente tinha ferido os sentimentos dele. Com toda a certeza precisava pedir desculpas.

— Falando sério, David — eu disse. — Isso é algo que eu preciso resolver sozinha. Não tem nada a ver com você, mesmo. É como se... — eu tentava encontrar uma maneira de explicar a ele de uma maneira que ele pudesse compreender.

E, de repente, do nada, a Deb Mullins surgiu na minha cabeça. Com sua minissaia minúscula da equipe de dança e com os enormes olhos azuis cheios de lágrimas depois de mais um encontro com a Kris Parks.

— É tipo assim, tem uma menina na minha escola, e há um boato de que ela Fez Aquilo, ninguém nem sabe com certeza, e as pessoas ficam chamando-a de tudo que é nome, na cara dela — eu disse. — É horrível, eu me sinto péssima por ela.

— Hum — o David disse. — Certo.

— Tipo, como é na sua escola? Deve acontecer a mesma coisa.

— Hum — o David disse. — Não sei. Quero dizer, acho que...

— Você *acha*? — soltei em um tom estridente, de tão chocada que fiquei.

— Não sei — o David disse. — Eu nunca reparei em nada desse tipo.

Ai, meu Deus. Não dava para acreditar que as coisas pudessem ser tão diferentes na Horizon. Mas parece que era. A Horizon deve ser o Paraíso do ensino particular, ao passo que a Escola Adams é... bom, o inferno.

— E a Caminho Certo? — eu quis saber.

— Caminho Certo? Aquele grupo idiota do qual a sua amiga Kris Parks faz parte?

— É — eu disse, sem me dar ao trabalho de comentar que a Kris Parks não é minha amiga, nem de longe, porque ele já sabia. Pelo menos, já *devia* saber a esta altura, depois do número de vezes que eu reclamei dela para ele. — Porque essas coisas se espalham, David. — Como eu podia fazer para ele entender? — Por mais discretas que as pessoas sejam, no fim a notícia sempre se espalha. E aí começam a atacar a gente. A Kris e o pessoal da Caminho Certo. A menos que você seja integrante da elite, como a Lucy. Mas eu não sou da elite, David. Claro que eu salvei o seu pai e apareci na TV e tudo o mais, mas eu não sou, nem de longe, integrante da turma dos populares. Ou de qualquer turma, aliás. E eu simplesmente sei que sou a próxima a ser atacada.

— Quem vai atacar você?

Ai, meu Deus. Realmente achei que a minha cabeça fosse explodir.

— A CAMINHO CERTO — eu disse, por entre dentes cerrados.

— Mas por que você se importa com o que essa gente da Caminho Certo diz? — o David quis saber. — Você nem *gosta* delas.

— Bom — eu disse —, não gosto. Mas...

— Quem são elas para ficar julgando os outros? — o David quis saber. — Por acaso são os melhores e mais inteligentes da escola?

— Bom — eu disse —, não, não são exatamente. Mas...

— Achei que não — ele prosseguiu. — Porque, se realmente fossem tão inteligentes assim, saberiam que programas de abstinência e tudo o mais... há muitos e muitos estudos mostrando que não funcionam.

Achei que eu não tinha escutado direito.

— Espera. O quê?

— Não funcionam — o David repetiu. — Lembra daquele movimento *Just Say No*, que falava para as pessoas simplesmente dizerem não? Os jovens que passaram por esse tipo de programa na escola têm a mesma probabilidade de experimentar drogas e álcool quanto os que não passaram, porque esses programas usam táticas ridículas de medo que nenhum jovem com a cabeça no lugar aceita. Tipo, qualquer idiota sabe que ninguém se torna um viciado em crack sem-teto só porque fumou maconha uma vez.

— Certo — eu disse — porque, hum, se isso fosse verdade, todos os astros de Hollywood seriam viciados em crack sem-teto. Já me contaram o que acontece naquelas estreias de filmes.

— Todos esses programas só fazem a pessoa ter vontade de experimentar todas aquelas coisas para as quais deveriam dizer não, e pode acreditar: mais da metade acaba experimentando sem ter o menor preparo para lidar com a situação

— o David disse. — Como os casais que se comprometem a não transar. A única coisa que acontece é que acabam transando de qualquer jeito, só que não usam proteção, porque não têm nada à mão, porque a ideia era simplesmente ficar dizendo não. Está vendo? Não funciona.

Eu quase larguei o telefone.

— Isso é... isso é mesmo verdade?

— Por que você acha que o Centro de Controle de Doenças inventou isso? Porque foi essa instituição que fez o estudo. Então, de onde essa gente da Caminho Certo tira essas ideias para agir como se fosse dona da verdade eu não sei.

— Eu também não sei — respondi, atônita com a informação.

— Então... — o David limpou a garganta. — Tudo bem entre a gente agora?

— Total — eu disse, toda feliz. Espera só até a próxima vez que a Kris começar a pegar no pé da Deb! Eu com toda a certeza citarei o estudo.

— E você já perguntou pra sua mãe e pro seu pai sobre o feriado de Ação de Graças? — o David quis saber.

Perguntei! E eles disseram que sim!

Era o que eu queria dizer. Bom, era o que uma parte de mim queria dizer.

Mas outra parte de mim, uma parte maior de mim, ficava assim: *NÃO! Certo? Não, não tive chance de perguntar. Esta é uma decisão enorme, e apesar de eu lentamente estar chegando a ela, ainda preciso de tempo. É verdade que eu sou completamente apaixonada por você, e tenho certeza absoluta de que você é o meu verdadeiro amor, mas eu só tenho dezesseis anos e ainda tenho bonecos de filmes em cima da minha penteadeira e não tenho bem certeza se já estou pronta para me livrar deles...*

— Hum, não, eu esqueci — respondi.

Ei, eu fiquei com os dedos cruzados enquanto falei.

— Ah — o David disse, parecendo só um pouco decepcionado. Tipo, não tão decepcionado quanto eu achei que ele ficaria. — Certo. Depois me avisa. Porque a minha mãe quer saber qual o tamanho do peru que ela deve encomendar.

Uau. Será que isso era algum tipo de código para *Preciso saber quantas camisinhas comprar?* Pensei em dizer a ele que não precisava se preocupar com isso. Mas aí uma chamada em espera começou a apitar.

— Tenho outra ligação — eu disse, meio surpresa, porque já era bem tarde da noite; a única outra pessoa que me liga neste celular é a Catherine, e os pais dela a fazem ir para cama às onze quando tem aula.

— Certo — o David disse. — A gente se vê amanhã, de qualquer jeito.

Isso meio que me deixou surpresa.

— Amanhã? — Amanhã era o dia da assembleia do programa Retorno à Família na MTV. — Você vai? Com o seu pai?

— Bom, vou — o David respondeu. — Mas, antes disso, temos desenho com modelo vivo. Está lembrada?

O Terry! Como eu podia ter me esquecido do Terry Peladão?

— Certo — respondi. — É. Bom, a gente se vê, então.

Aí, passei para a outra linha.

— Alô?

— Sam? — a Dauntra berrou o meu nome. Pelo barulho do lugar, parecia que ela estava me ligando de uma casa noturna. Onde um assassinato estava sendo cometido.

O que não era algo totalmente impossível conhecendo a Dauntra,.

— Dauntra? — eu não tinha certeza se ela conseguia me escutar. Onde será que ela *estava*? Então, fui atingida por uma ideia terrível. — Ai, meu Deus, você ainda está na *cadeia*?

— Não — a Dauntra respondeu com uma risada. — Estou na casa de um amigo. Olha, só estou ligando para agradecer. Por ter feito o meu turno naquela noite. Estou devendo uma para você, total!

— Ah — respondi. — Sem problema. Espero que você, hum, não tenha tido muitas dificuldades na cadeia.

— Está de brincadeira? — a Dauntra disse. — Foi ÓTIMO. Eu falei para eles deixarem a minha cama quentinha, porque acho que vou voltar para lá muito em breve. Mas não se preocupe, vou estar fora a tempo do meu turno de sexta. Ah, certo, você vai passar o feriado de Ação de Graças na casa da sua avó. Vai voltar para o seu turno de sexta?

— Hum — respondi —, ainda não sei bem. Pode ser que eu não vá. Para a casa da minha avó. — Pensei, mais uma vez, em perguntar à Dauntra o que ela faria no meu lugar... em relação a ir a Camp David.

Mas o negócio é que eu já fazia uma boa ideia do que a Dauntra faria.

A Dauntra simplesmente Faria Aquilo.

— Ainda não resolvi — foi o que decidi dizer.

— Bom, não vai ser a mesma coisa sem você — a Dauntra disse, bem quando alguém no fundo do lugar onde ela estava berrou assim: "Kevin! Não faz isso!"

— Hum — eu disse. — Está tudo bem aí?

— Ah, claro — a Dauntra disse com uma risadinha. — O Kevin acabou de pisar na pizza. De novo.

Eu nem me dei ao trabalho de perguntar o que a pizza estava fazendo no chão. Eu pareço a maior retardada quando falo com a Dauntra.

— Então, olha só — a Dauntra disse. — Estava pensando que a gente devia fazer um protesto no trabalho. Contra o fato de o Stan ficar examinando as nossas bolsas.

— Hum — eu respondi. — Não sei, não.

— Vamos lá! Vai ser divertido!

— Não sei se um protesto é a melhor maneira de transmitir o nosso recado — eu disse. Eu detestava ser responsável por desmanchar as ilusões dela, principalmente porque eu queria ser ela em vários aspectos. Tipo, a Dauntra simplesmente não se importava com nada que diziam a respeito dela. Eu gostaria de ser assim. — O negócio é que pode rolar. Sabe como é. De a gente ser demitida.

— Meu Deus — ela disse. — Acho que você tem razão. Droga. Ah, tanto faz. Vou pensar em alguma coisa.

— Certo — respondi. — Bom, a gente se fala depois.

— Certo, a gente se vê amanhã à noite — a Dauntra disse.

E desligou, bem quando alguém berrou: "Ke-VIN!"

Foi meio engraçado ela ter dito *A gente se vê amanhã à noite*. Porque eu não vou trabalhar amanhã à noite. Tenho a assembleia na MTV.

As dez principais razões por que é demais ser adolescente nos Estados Unidos (em comparação com qualquer outro lugar):

10. É improvável que você acabe se tornando uma das 250 milhões de crianças no mundo com idade entre quatro e catorze anos que têm trabalho em tempo integral (a menos que se tenha pais como os meus. A única razão por que eles não me obrigam a trabalhar quarenta horas por semana em vez de seis é porque é contra a lei. Graças a Deus).

9. Trezentas mil crianças por ano são obrigadas a servir como soldados no combate armado pelo governo ou por militantes rebeldes. Com armas de fogo e tudo (mas, falando sério, que governo daria uma arma de fogo na mão da minha irmã Lucy? Ela provavelmente usaria o cano para alisar o cabelo).

8. Os castigos físicos foram abolidos aqui há um tempão, mas em muitos países, até hoje, é considerado perfeitamente aceitável que os professores batam com varas nas crianças que se atrasam ou que respondam errado a alguma pergunta (apesar que isso bem que abaixaria bastante o nível de bobagem na Escola Adams, e a gente poderia de fato aprender alguma coisa, para variar).

7. Cento e trinta milhões de crianças em países em desenvolvimento não estão na escola primária. A grande maioria delas é de meninas (e, por mais que eu deteste a escola, eu sei que é *necessária*. Tipo, para que seja possível arrumar um trabalho melhor do que o na Videolocadora Potomac. Porque receber US$ 6,75 por hora NÃO serve para muita coisa).

6. Em algumas partes do Oriente Médio e da Índia, se você é menina e for pega paquerando um cara que conheceu no shopping ou algo assim, seus parentes homens podem matá-la e simplesmente se safar, por causa da percepção de que você é uma desgraça para a família (o que basicamente significa que a Lucy não viveria o suficiente se morasse na Arábia Saudita ou em um lugar assim).

5. Exemplos de meninas pequenas, de até 7 anos, sendo obrigadas a casar são comuns na África subsaariana, onde 82 milhões de meninas se casam antes de chegar aos dezoito anos, queiram elas ou não — e a maior parte delas não quer (nos Estados Unidos, isso só acontece no estado do Utah. E talvez em partes, tipo, das montanhas dos Apalaches).

4. Globalmente, estima-se que 12 milhões de crianças com menos de cinco anos morrem a cada ano, em sua maior parte devido a causas de fácil prevenção. Cerca de 160 milhões de crianças são malnutridas (e não porque comem tortinhas doces o dia inteiro, como aconteceria comigo se me deixassem fazer isso).

3. Em Cingapura, é preciso ter uma licença especial para mascar chiclete em público. Se você não tiver a licença, e pegarem você mascando chiclete, pode ser espancada com uma vara em público (mas, aqui nos Estados Unidos, se as pessoas precisassem de licença para mascar chiclete, o metrô seria bem mais limpinho).

2. Para combater muitos desses abusos de direitos, a Organização das Nações Unidas adotou a Convenção sobre os Direitos da Criança, um tratado que busca cuidar dos direitos humanos específicos das crianças e estabelecer padrões mínimos para a proteção desses direitos. Só existem dois países que se opõem à assinatura do tratado. Um deles é a Somália.

    O outro é os Estados Unidos.

    Por quê? Porque há uma cláusula no tratado sugerindo que as meninas vítimas de crimes de guerra internacionais devem receber aconselhamento sobre o controle de natalidade, e a direita religiosa nos Estados Unidos não gosta da ideia.

E a razão número um por que é demais ser adolescente nos Estados Unidos:

1. Porque este ainda é um dos poucos lugares na Terra em que você pode falar como todas essas coisas aí são um saco e não ir para a cadeia por causa disso.

    A menos que você seja a Dauntra, quero dizer, e mencione o fato fingindo-se de morta no meio da rua.

★ 10 ★

O *David* chegou ao ateliê antes de mim. Quando entrei, ele já estava sentado com uma perna de cada lado do banquinho dele, ajeitando os lápis a sua frente.

No minuto em que o vi, meu coração deu aquele pulinho que sempre dá quando o David aparece. Aquela coisa que a Rebecca chama de frisson. Piorou ainda mais quando o David ergueu os olhos e me viu ali parada, e os nossos olhares se cruzaram, e ele sorriu.

— Oi, Sharona — ele disse. — Faz um tempão que a gente não se vê.

E parecia que havia uma corda elástica entre nós dois. Porque eu de repente me senti sendo puxada na direção dele, até estar com os braços em volta da cabeça dele, segurando seu rosto apertado contra a minha barriga, já que nem tinha dado a ele tempo de se levantar para retribuir o meu abraço da maneira adequada.

— Bom — o David disse com a voz estrangulada, na parte da frente da minha camiseta. — Também estou feliz em ver você.

— Desculpe — eu disse e larguei a cabeça dele (com hesitação) e me acomodei no banco ao lado do dele.

— É só que... eu estava morrendo de saudade de você. Só não sabia quanto até agora há pouco, quando vi você.

— Bom, fico muito contente com isso — o David respondeu. — Acho. — Aí ele se inclinou para perto de mim e disse: — Eu também fiquei com saudade de você. — E me beijou.

Durante muito tempo.

Tanto que nem reparamos que a sala estava se enchendo com os outros alunos, até que a própria Susan Boone limpou a garganta, fazendo bastante barulho. Aí nós nos afastamos, cheios de culpa, e vimos que o Terry estava ficando à vontade, desta vez em uma pose mais deitada, sobre a cadeira reclinável de cetim que a Susan tinha colocado na plataforma elevada.

O Terry deu uma piscadinha para mim (acho que por causa da conversa íntima que ele e eu tínhamos tido na última vez que nos vimos) enquanto a Susan ajeitava a cadeira embaixo dele.

E eu retribuí a piscadinha, porque, bom, o que mais se pode fazer quando um cara pelado pisca para você?

Além do mais, até parece que eu continuava chocada, de ver um cara pelado.

Pelo menos, eu não achei que continuasse. Tipo, eu não me sentia chocada.

Mas acho que devo ter parecido chocada, porque cerca de uma hora e meia depois do início da aula, a Susan Boone se aproximou e me perguntou, bem baixinho, se estava tudo bem.

Ergui os olhos para ela me sentindo meio tonta, como sempre acontece quando estou concentrada em um desenho e alguém me interrompe.

— Está tudo bem — respondi. — Por quê?

E foi aí que eu percebi. Ai, meu Deus! E se a Susan não estivesse falando sobre o que aconteceu na última aula, quando fiquei apavorada com o Terry e tudo o mais? E se ela estivesse falando de outra coisa... tipo de como eu estava pensando em transar com o David? Ela é artista e tudo o mais, e muito mais perceptiva do que, digamos, minha mãe e meu pai, de modo que talvez ela realmente tivesse percebido. E se fosse isso que ela queria saber quando perguntou se estava tudo bem?

E se fosse, o que eu podia responder?

— Bom, só estou preocupada — a Susan disse, olhando para o meu bloco de desenho. — Parece que você está tão concentrada em retratar a figura que está negligenciando todo o resto.

Atordoada, olhei para o lugar que ela estava apontando. Com toda a certeza, eu tinha feito um retrato bem realista do Terry, em toda sua glória pelada.

Mas também era verdade que ele simplesmente estava flutuando, basicamente no espaço sideral.

— Fazer um desenho é como construir uma casa, Sam. Não dá para começar pendurando as cortinas. Primeiro, é preciso estabelecer uma base.

A Susan pegou o lápis da minha mão e esboçou um fundo para a figura que eu tinha desenhado.

— Depois, o piso — ela disse, esboçando o banco atrás de Terry. De repente, ele não estava mais flutuando no espaço.

— Você precisa construir a sua casa de baixo para cima, começando com todas as coisas mais chatas... o encanamento e a fiação. Entende o que eu quero dizer? Quando você chega e desenha todos esses detalhes — ela disse, indicando o retrato do Terry —, está fazendo a decoração antes de ter uma casa para decorar. Você precisa parar de se concentrar tanto nas *partes* — ela completou — e, em vez disso, começar a enxergar a imagem como um *todo*.

Percebi que a Susan estava certa. Eu estava me concentrando tanto em fazer o rosto do Terry bem certinho que tinha me esquecido dos três quartos restantes da folha. Então, agora era só um pedação de papel com uma cabecinha minúscula.

— Entendi — eu disse. — Sinto muito. Acho que eu, sabe como é, me deixei levar.

A Susan suspirou.

— Espero que eu não tenha cometido um erro — ela disse baixinho. — Ao deixar você e o David fazerem esta aula. Achei que vocês estavam prontos.

Lancei um olhar meio penetrante para ela.

— Nós *estamos* prontos — me apressei em responder. — Quero dizer, *eu* estou. E o David também está. Nós dois estamos.

— Espero que sim — a Susan disse com ar levemente preocupado. Ela colocou a mão no meu ombro ao endireitar as costas e se afastou. — Espero mesmo.

Não estou pronta? Não estou pronta para desenho com modelo vivo? Até parece! Trabalhei furiosamente durante os últimos quinze minutos de aula, ancorando o Terry a um fundo, concentrando-me em mostrar o todo, e não as partes. Eu ia mostrar à Susan Boone quem não estava pronta. Para ela ver só se eu não estava!

Mas não havia tempo suficiente para fazer o que eu realmente queria e, no fim, quando chegou a hora de criticar o trabalho de todo mundo, a Susan só ficou sacudindo a cabeça para o meu, apoiado no parapeito da janela.

— Você fez um retrato altamente realista do Terry — ela disse, em tom gentil porém firme. — Mas ele continua flutuando no espaço.

Eu não fazia a menor ideia do que ela estava falando. O que ela queria dizer quando falava que eu não estava pronta? Quem se importa com a idiotice do fundo? Por acaso a coisa mais importante não era a figura central do desenho?

O Terry com certeza parecia achar que sim. Ele se aproximou e disse assim:

— Ei, você vai guardar esse aí? — e apontou para o meu desenho dele.

— Hum — respondi. Não sabia muito bem o que responder. A verdade é que eu estava prestes a amassar o desenho e jogar fora. Mas hesitei em confessar, porque seria a mesma coisa que dizer que eu não achava que um retrato do Terry seria digno de ser enquadrado e pendurado em cima da lareira. Como se ele não fosse bonito o suficiente ou algo assim. E apesar de achar que o emprego dele era mesmo muito esquisito, eu não queria ofender.

— Por quê? — perguntei. Essa sempre é uma boa resposta segura para quase qualquer ocasião.

— Porque, se você não quiser, eu gostaria de ficar com ele — o Terry disse.

Fiquei comovida. Mais do que comovida. Fiquei lisonjeada. Ele tinha gostado do retrato que eu fiz dele! Apesar de não estar integrado a nenhum tipo de fundo.

— Ah, claro — eu disse, entregando o papel. — Pode ficar com ele.

— Legal — o Terry disse. Aí, ao notar que faltava a assinatura da artista, ele falou: — Pode assinar para mim?

— Claro — eu disse, e assinei e entreguei de novo para ele.

— Legal — o Terry disse de novo, olhando para minha assinatura. — Agora eu tenho um desenho da garota que salvou o presidente.

Percebi que era isso que ele queria: meu autógrafo em um retrato dele, pelado. Não era que ele tinha gostado particularmente do meu desenho.

Mas, ei, acho que é melhor do que nada.

— Então — o David disse, aproximando-se por trás de mim no tanque, onde eu estava lavando o carvão das mãos. — Está pronta?

Preciso confessar que eu meio que me sobressaltei. Não por ele ter se aproximado por trás, mas por causa da pergunta.

— Eu ainda não tive oportunidade de pedir a eles — soltei, virando-me de frente para ele. — Sinto muito mesmo, David. As coisas estão tão loucas em casa com a Lucy e as aulas particulares dela...

O David olhou para mim como se tivessem aparecido chifres na minha testa, iguais aos do Hellboy.

— Estou falando da assembleia na sua escola — ele disse. — Meu pai disse que a gente ia dar carona para você.

— Ah! — Dei uma risada nervosa. — Isso! Certo! Não, por que eu deveria estar nervosa?

— Por razão nenhuma — o David disse, com um brilho nos olhos verde-musgo dele. — Tipo, é só a MTV. Milhões de pessoas vão assistir. Só isso.

O negócio é que eu tinha tantas *outras* coisas com que me preocupar que nem tinha tido tempo para pensar sobre o assunto. No que eu iria dizer durante a assembleia e tudo o mais. Quero dizer, eu tinha lido as coisas que o secretário de imprensa tinha me dado, e tinha até lido algumas coisinhas por conta própria, mas...

A verdade era que eu estava mais nervosa em relação ao que fazer com a situação toda de Camp David do que sobre o que eu faria em breve na TV.

— Ah — eu disse. — Vai dar tudo certo. Sempre dá.

O que é verdade. Todas as vezes que apareci com o David na TV, deu tudo certo. Não que a gente tenha feito isso muitas vezes... nós nunca formamos uma dupla para aquele programa de perguntas *Crossfire*, nem nada. Mas estou falando, tipo, dos discursos na ONU, ou em um ou outro evento beneficente que acabou passando no canal do governo, o C-Span.

E tudo sempre deu certo. Não sei por que esta noite podia ser diferente.

Até que o David e eu chegamos à frente da Escola Adams, e eu vi os manifestantes.

E aí percebi que a assembleia seria muito, muito diferente de falar para um monte de magnatas do petróleo em um salão de baile de hotel. Porque os magnatas do petróleo geralmente não precisam ser contidos por dúzias de policiais enquanto tentam atacar o carro dentro do qual estão você e o seu namorado.

Nem metem na sua cara uns cartazes enormes que dizem: NÃO ENFIE SEU NARIZ NA MINHA MEIA-CALÇA.

Nem a acusam de trair a sua geração quando você tenta sair do carro, protegida por agentes do Serviço Secreto e de policiais do batalhão de choque todos equipados.

Nem tentam acertar você com um sanduíche de peru velho enquanto você entra correndo na escola que, naquela noite, se transformou em um campo de batalha: eles contra você.

Mas, como as coisas sempre foram assim na Escola Adams (eles contra mim), não fiquei assim tão abalada.

Tirando o fato de que eu tenho bastante certeza de ter avistado, no meio daquela horda de manifestantes aos berros, uma menina com cabelo em tons de Ébano da Meia-Noite e Flamingo Cor-de-Rosa.

Os dez principais motivos por que é um saco aparecer na televisão:

10. Quando você é convidada de um programa de entrevistas ou em um noticiário, o entrevistador tem um texto escrito em cartazes ou no TelePrompTer dizendo a ele ou ela o que deve dizer. Você não tem. Simplesmente depende só de si. E se tem alguma pergunta para a qual você não sabe a resposta, azar o seu.

9. Ver a si mesma no monitor. Sim, a sua cabeça fica grande desse jeito aos olhos de todo mundo.

8. Os cinco minutos antes de realmente entrar ao vivo no ar. Você fica lá tão nervosa que dá vontade de vomitar, enquanto todo mundo fica correndo ao seu redor, se divertindo. Porque não são eles que vão aparecer na TV. Então, por que se importariam?

7. A pessoa que faz cabelo e maquiagem. Independentemente do que você diga, ele ou ela vai inventar um visual para você que na verdade não se assemelha a você na vida real, o que faz a sua avó ligar depois para perguntar se sua intenção era ficar igual a Paris Hilton.

6. O entrevistador e/ou repórter a ignora, menos quando a câmera está ligada, e daí ele ou ela faz parecer que vocês são os melhores amigos do mundo. As coisas simplesmente são assim. Prossiga.

5. Por mais que tenham lhe dito que não, a comida do serviço de bufê na sala verde se compõe sempre daquilo que você mais odeia... no meu caso, isso sempre significa tomate.

4. Você nunca vai ter um camarim próprio e, em vez disso, vai ter que dividir o banheiro feminino com duas finalistas do concurso de confecção de colchas da Pensilvânia que não param de falar sobre como estão nervosas, até que você fica com vontade de berrar.

3. Inevitavelmente, alguém no estúdio vai ligar para a sobrinha ou o sobrinho no celular e obrigar você a dar um oi, porque você é a menina que salvou o presidente, e a sobrinha ou o sobrinho é muito seu fã.

2. Aí, quando você pega o telefone, a sobrinha ou o sobrinho não faz a menor ideia de quem você é.

E o número um na lista das piores coisas relativas a aparecer na televisão:

1. Logo que a câmera é desligada, você se lembra de tudo que acabou de sair da sua boca.

E fica com vontade de morrer.

★ 11 ★

—*Ah, estou* tão animada — a Kris não parava de dizer.

Ela não precisava ficar repetindo para mim. Dava para ver que ela estava animada pelo jeito como ficava pulando para cima e para baixo enquanto apertava o meu braço.

Acho que eu também devia ter ficado animada. O presidente dos Estados Unidos iria se dirigir à juventude do país a partir da minha própria escola.

Mas como eu basicamente odeio a minha escola, estava difícil esboçar algum entusiasmo em relação ao fato de a Escola Adams estar prestes a receber seus quinze minutos de fama... bom, na verdade, eram quarenta minutos, levando em conta os comerciais.

Além do mais, havia o pequeno fato de que na frente da escola havia umas mil pessoas que não estavam lá muito emocionadas com o que nós iríamos dizer.

Mas a convicção da Kris de que sua amada instituição de ensino estava prestes a receber a atenção que tanto merecia não era o que a estava deixando assim tão animada. E os manifestantes nem eram do seu conhecimento. Não, ela estava praticamente delirante de alegria devido ao fato de que ela conheceria o presidente...

...isso sem falar no Random Alvarez, o VJ mais gostoso do momento.

— Ali está ele — ela ficava dizendo, pulando feito louca ao meu lado. — Olha só para ele! Como é elegante!

De vez em quando, dizia:

— Ele é tão gostoso... — Só por isso dava para saber de quem ela estava falando. Elegante era o presidente. Gostoso era o Random Alvarez. Os dois estavam na seção de cabelo e maquiagem, sendo preparados para o programa.

— Está armado demais — o Random ficava dizendo para o cabeleireiro que tentava arrumá-lo para ir ao ar. — Está muito levantado!

— É assim que tem que ser — a cabeleireira ficava dizendo para ele, enquanto os dois examinavam o reflexo no espelho de mão grande. — É assim que a garotada está usando.

O Random olhou para mim e disse:

— Ela não está.

A cabeleireira olhou na minha direção. Vi quando se sobressaltou, como se tivesse sido picada por alguma coisa. Aí ela disse para o Random:

— É, bom, ela tem, hum, estilo próprio.

Muito legal! Meu cabelo não está *tão* ruim assim.

Ou será que está?

O presidente com certeza não pareceu muito animado ao me ver pela primeira vez. Ele deu uma olhada na minha cabeça, meio que estremeceu e disse assim, com a voz meio esganiçada:

— Isso aí é permanente?

— Semi — respondi.

— Percebo — ele disse. — E você supostamente quer ficar parecida com...

Não pergunte se eu quero ficar parecida com a Ashlee Simpson, sussurrei ferozmente. Só que fiz isso na minha cabeça.

— ...um punk? — o presidente concluiu.

— Não — respondi, surpresa. Como ele pode achar que eu parecia punk? Eu estava de jeans, é verdade. Mas também estava com a minha camiseta justinha da Nike. Roqueiros punk não usam produtos da Nike. — Eu só quero ser eu.

Mas o pai do David evidentemente pensou bem e achou melhor não perguntar o que tinha pensado em perguntar, porque só olhou para o céu e se voltou para a maquiadora que estava passando base no nariz dele. Não voltou a olhar para mim.

E isso só serve para mostrar que não dá para agradar a todo mundo ao mesmo tempo.

Mas dá sim para agradar a algumas pessoas em alguns momentos.

— Não dá para acreditar que eu consegui conhecer você — a cabeleireira designada para mim ia dizendo, enquanto tentava tirar o brilho da minha testa. É muito difícil não suar quando, sabe como é, você está prestes a aparecer na televisão. — Você é, tipo, um dos meus ídolos. Eu adoro o jeito como você salvou o presidente. Foi tão demais!

— Obrigada — respondi.

— É muita honra poder trabalhar com você. — O sorriso da cabeleireira revelou dentes perolados e bem retos, o trabalho de um ortodontista habilidoso, ou produto de um DNA bem decente... era difícil saber qual. — Você é um ótimo exemplo para todas as meninas, sabe?

— Caramba — eu disse a ela. — Obrigada.

Mas que belo exemplo. Eu estava seriamente considerando a possibilidade de transar com o meu namorado em um feriado nacional. Ah, e alguém tinha acabado de tentar me acertar com um sanduíche de peru.

— Mas é mesmo uma pena — a maquiadora disse. Lancei um olhar ferino para ela. Ai, meu Deus, será que ela tinha lido a minha mente? Será que ela *sabia*, de algum modo? A respeito do David e de mim? Eu tinha ouvido falar de barbeiros que conseguiam ler a mente dos clientes só de encostar no cabelo deles... — Estou falando dessa tintura no seu cabelo — a maquiadora prosseguiu, passando os dedos em um cacho solto. — Você realmente devia ter deixado a cargo de um profissional.

Quando ela terminou de dar um jeito em mim e no brilho da minha testa, fui me sentar no lugar reservado a mim enquanto todo mundo corria de um lado para o outro, falando sobre como estavam nervosos. Bom, todo mundo menos o Random Alvarez e o presidente.

— Ai, meu Deus — a Kris disse, aproximando-se de mim e apertando o meu braço de novo. — Você acha que ele me dá um autógrafo?

— Qual dos dois? — perguntei a ela.

— Qualquer um — ela disse. — Os dois. Tanto faz.

— O presidente dá — eu disse, porque sabia que sim. — Não sei o Random. É a primeira vez que o vejo.

— Eu vou lá me apresentar — a Kris disse. — Antes de o programa começar. Você não acha que devo fazer isso? Quero dizer, eu estou no painel de participantes. Seria educado me apresentar. Você não acha? Só dar um oi, e dar as boas-vindas à nossa escola. É a coisa certa a fazer. Não é?

Dei de ombros. Para falar a verdade, eu realmente não me importava com o que a Kris fazia ou deixava de fazer. Eu tinha meus próprios problemas.

Um deles era ter visto a minha família inteira entrando no ginásio alguns momentos antes e se acomodando ao lado do David e da primeira-dama. Minha família inteira: meus pais E a Lucy e a Rebecca. Eu tinha corrido até eles e tinha falado assim:

— O QUE VOCÊS ESTÃO FAZENDO AQUI? — E a minha mãe ficou olhando para mim como se eu fosse louca.

— Você não achava que íamos perder sua assembleiazinha, não é mesmo? — ela quis saber.

— Mas vocês podiam ter ficado em casa para assistir pela TV — observei. — Quero dizer, é ao vivo, então vocês não iriam perder nada.

— Sam — minha mãe disse, parecendo um pouco ofendida —, o discurso do presidente é a respeito de como as famílias precisam passar mais tempo juntas. Por acaso não seria um pouquinho hipócrita da nossa parte se não estivéssemos aqui para apoiá-la?

Eu não tinha pensado nisso. E acho que ela tinha razão.

Mas estava claro que, apesar de eles estarem ali, dar apoio a mim não estava muito no topo da lista de prioridades deles. Meu pai estava ao celular (porque, em algum lugar do mundo, sempre tem um banco aberto) e a Rebecca estava lendo um livro sobre a teoria do caos. Minha mãe não parava de conferir as mensagens dela, e eu vi a Lucy esticando o pescoço para examinar a multidão acomodada nas cadeiras dobráveis, em busca das amigas.

Mas, quando o olhar dela passou batido pela Tiffany Shore e pela Amber Carson, percebi que a Lucy não estava procurando as amigas coisa nenhuma. Ela queria achar o Harold Minsky. Que não estava lá, provavelmente porque uma assembleia na escola dele (até mesmo presidida pelo presidente dos Estados Unidos) não era nem de longe tão interessante quando a programação qualquer que estivesse passando no canal Sci-Fi naquela noite.

Mas a minha família me fazer passar vergonha na frente da escola inteira (isso sem mencionar o país inteiro) não era a única coisa que me deixava desanimada. A outra coisa em que eu não conseguia parar de pensar era...

Será que eu tinha mesmo visto a Dauntra lá fora? E se tivesse visto... o que isso significava? Será que ela agora me odeia ou algo assim? Só porque estou dando apoio à iniciativa do pai do meu namorado?

Quando voltei para o meu lugar na frente das câmeras (que ainda não estavam ligadas), vi que a Kris tinha juntado toda a coragem para ir lá se apresentar aos homens da vez: o pai do David e o Random Alvarez. Enquanto eu observava, ela apertava a mão do Random com toda a força, aparentemente alheia à expressão levemente incomodada no rosto dele. Obviamente, continuava insatisfeito com o cabelo.

— Ei — a voz do David fez cócegas na minha orelha. — Quebre um braço.

— Muito engraçado! — eu disse a ele. Ele sempre desejava que eu quebrasse um braço quando eu ia aparecer na televisão, porque quebrando um braço foi, basicamente, a maneira como nós nos conhecemos: quando quebrei o braço ao salvar o pai dele de levar um tiro.

— Não se preocupe — o David disse e deu um beijo no topo da minha cabeça. — Você vai ser ótima. Sempre é.

— Obrigada — eu disse, apesar de não acreditar em nenhuma palavra daquilo.

— E, ei — o David disse, ainda tentando me animar —, você vai conhecer o Random Alvarez!

— Ele é um bobão total — eu disse.

— Sua amiga Kris não parece pensar assim — o David observou. Olhei na direção em que ele apontava com a cabeça e vi a Kris dando risada de alguma coisa que o Random tinha dito (provavelmente algo do tipo: "Pelo menos o meu cabelo está melhor que o daquela menina ali"). A Kris esticou a mão e a apoiou no peito do Random como quem diz: "Para com isso! Está me matando com tanta esperteza!" Mas, na verdade, dava para ver que ela só queria encostar a mão no peito dele.

O Random pareceu não se importar muito porque, um segundo depois, ele se inclinou e cochichou alguma coisa no ouvido da Kris. Ela ficou de um tom de rosa bem interessante, mas assentiu, toda entusiasmada. Aí o Random deu um tapinha na bunda dela.

É sério.

Eu olhei para o David.

— Eca — foi tudo que consegui pensar em dizer.

— Qual é o problema da Lucy? — o David perguntou, apontando a minha irmã com a cabeça, que continuava procurando o amor de sua vida nas diversas cadeiras dobráveis espalhadas pelo ginásio escuro.

— Ela está procurando o Harold — eu disse. Eu tinha contado para o David tudo sobre a Lucy e o professor particular dela no carro, no caminho do ateliê de arte até lá. A reação dele tinha sido assentir com expressão sábia e dizer:

— Ah, claro. Ela está a fim dele porque ele é o único cara no mundo que nunca prestou a menor atenção nela. Dá para ver como isso pode ser charmoso.

Ergui minhas sobrancelhas para ele.

— Você *acha*?

— Bom, se você for igual à Lucy, que sempre consegue qualquer cara que quer, ter um cara que *não* a quer é meio que uma novidade. Claro que ela vai se apaixonar por ele.

Eu realmente não tinha pensado no assunto sob esse ângulo. Mas fazia sentido.

— É um plano completamente genial do cara — o David observou.

— Plano? — eu franzi todo o rosto (mas não de um jeito nojento, como a Brittany Murphy faz, eu esperava). — Você acha que o Harold PLANEJOU isso?

— Ah, claro que sim — o David disse. — Para fazer com que ela gostasse dele? Fala sério. É brilhante. Fingir que ele não se importa, deixá-la bem louca... ele sabe que ela vai estar comendo na mão dele antes do fim da semana.

— Hum — eu disse. — Se você conhecesse o Harold, você saberia... que ele não é esse tipo de cara.

O David pareceu surpreso.

— É mesmo? — Então, sacudiu a cabeça. — Coitada da Lucy.

Observando-a agora, enquanto ela tentava parecer despreocupada ao olhar ao redor em busca de Harold, o David disse mais uma vez:

— Coitada da Lucy.

Pode até repetir.

Agora o diretor estava avisando:

— Certo, pessoal, entramos ao vivo em dez segundos. Cada um tome o seu lugar.

— Ei, olha só — o David se inclinou para cochichar no meu ouvido. — Quase esqueci. Aconteceu uma coisa superesquisita. Minha mãe estava falando com a sua mãe agorinha mesmo, e ela comentou sobre a coisa toda do Feriado de Ação de Graças. A minha mãe que comentou. Sobre você ir com a gente para Camp David.

De repente, pareceu que cada gota de sangue nas minhas veias tinha se transformado em gelo.

— E a sua mãe disse que tudo bem — o David prosseguiu. — Espero que você não se importe. Da minha mãe se adiantar e falar com ela antes de você. Mas ela realmente queria saber. Por causa do peru e tudo o mais.

— Nove, oito, sete — e o Random veio se acomodar na banqueta ao meu lado, com o presidente já sentado na dele, do outro lado — seis, cinco, quatro... Lembrem-se de olhar uns para os outros, não para a câmera...

— Espero que não se importe — o David disse e me deu um beijo rápido na bochecha. Então saiu correndo para a cadeira dele, bem quando o diretor berrou:

— Estamos no ar!

E todas as câmeras do ginásio voltaram o foco para o meu rosto apavorado e completamente pálido.

— Ei, sou o Random Alvarez, e estou aqui para apresentar a mais nova assembleia da MTV — o Random disse, com uma voz bem mais profunda que aquela que estava usando antes de as câmeras serem ligadas. Ele também parecia alheio ao fato de que metade dos alunos da Escola Adams, inclusive a Kris Parks, em uma cadeira dobrável à nossa frente, olhava para ele como se estivesse na frente de um padre em uma capela de Las Vegas sozinha com ele, prestes a serem unidos em alegria nupcial.

— Este é o programa em que você, espectador, tem a oportunidade de conhecer algumas das questões que se apresentam aos jovens eleitores no próximo ano, quando haverá eleição. Nesta noite, estou feliz por ter a companhia de um homem que não necessita de apresentação, o presidente dos Estados Unidos, que está aqui para falar de sua nova iniciativa, o Retorno à Família. Também contamos com a presença de Samantha Madison, a jovem da Academia Preparatória John Adams... onde temos o privilégio de fazer este programa hoje à noite... que aqui mesmo em Washington, D.C. — berros dos alunos da Escola Adams, inclusive da Kris, que aproveitou o momento para berrar, *Eu te amo, Random*, que o VJ ignorou — arriscou a própria vida para salvar a do presidente e foi indicada como embaixadora teen da Organização das Nações Unidas por sua iniciativa. Sr. presidente, Samantha... olá, e bem-vindos.

— Olá, Random — o presidente respondeu com um sorriso. — Muito obrigado por me receber aqui hoje à noite. E preciso dizer, Random, que você é, tipo, meu VJ preferido, total.

Isso tirou belas risadas do público. Eu vi a primeira-dama, que estava sentada ao lado da minha mãe, virar para ela e dizer alguma coisa com um sorriso aberto no rosto. Minha mãe respondeu alguma coisa enquanto dava risada.

Fiquei imaginando se a minha mãe daria muita risada se soubesse o que eu *realmente* iria fazer em Camp David durante o Feriado de Ação de Graças.

— Obrigado, Sr. presidente — o Random disse, naquele mesmo tom de voz profundo e desconcertante. Além disso, eu também vi totalmente como ele estava conferindo a calcinha da Kris por baixo da saia dela quando ela virou na cadeira dobrável para dizer algo, toda animada, para a menina atrás dela.

— Então, Sr. presidente — o Random disse, lendo o texto no TelePrompTer logo embaixo da câmera para a qual nós todos não deveríamos olhar. — Fale um pouco sobre o programa Retorno à Família, por favor.

— Claro que sim, Random — o presidente respondeu. — Sabe, eu acredito muito que, com as taxas de divórcio tão altas quanto estão hoje, e com o número de pessoas que criam filhos sozinhas cada vez maior, é importante não se esquecer que as famílias são e sempre foram a espinha dorsal dos Estados Unidos. Se a unidade familiar se enfraquece, os Estados Unidos se enfraquecem. E eu vim aqui conversar com vocês hoje porque acredito que as famílias norte-americanas tenham se enfraquecido... não só devido às exigências financeiras que recaem sobre elas, mas devido à incapacidade básica de se comunicar. Compreendo as pressões que existem sobre os pais de hoje, que se esforçam muito para dar aos filhos os privilégios que eles próprios não tiveram na infância. Mas também acredito que os pais precisem dedicar mais tempo de qualidade aos filhos... Não adianta só ir torcer nos jogos de futebol ou ajudar na lição de casa, mas precisam conversar, passar um bom tempo juntos. Precisamos abrir as linhas de comunicação entre pais e filhos.

O pai do David fez uma pausa. Ele nunca precisa ler o que vai falar em cartões ou no TelePrompTer. Ele sempre memoriza todos os seus discursos. O David também consegue fazer isso: falar em público de maneira completamente desimpedida (uma palavra que significa "sem obstrução ou embaraço; desobstruído, livre").

Eu, por outro lado, preciso de cartões com anotações. Eu estava com os meus no bolso do meu jeans. Só precisava esperar pela minha deixa, que o Random me daria em breve. O presidente falaria a respeito do que os pais podem fazer para abrir as linhas de comunicação entre eles e seus filhos, e eu falaria sobre o que os filhos poderiam fazer.

Aí, depois de amanhã, eu vou viajar para Maryland e transar com o meu namorado pela primeira vez. É o que parecia.

— É por isso que eu proponho o Retorno à Família — o presidente prosseguiu. — Uma noite por mês, todos nós devemos desligar a televisão, deixar de ir ao treino de futebol e simplesmente passar um tempo na companhia uns dos outros, conversando. Sei que não parece muita coisa... uma vez por mês... será que isso realmente pode bastar para fortalecer uma família? Estudos mostram que sim. Crianças cujos pais passam pelo menos algumas horas por mês conversando com elas desenvolvem habilidades cognitivas como linguagem e leitura com mais rapidez, têm notas mais altas nas provas e vivem menos exemplos de abuso de álcool e drogas e sexo antes do casamento.

Uau. Talvez esse fosse o meu problema. Talvez fosse viver um exemplo de sexo antes do casamento por causa disso. Porque minha mãe e meu pai não passam tempo suficiente comigo.

É, a culpa é toda *deles*.

— E vocês poderão contar com o apoio do governo norte-americano — o pai do David ia dizendo. — Como parte das iniciativas para ajudar os pais a abrirem um canal de comunicação com os filhos adolescentes, vou pedir aos legisladores estaduais, como parte do plano Retorno à Família, que aprovem uma lei que exija que os adolescentes que buscam pílulas contraceptivas em uma clínica de planejamento familiar tenham consentimento dos pais ou faça com que as clínicas notifiquem os pais com cinco dias úteis antes de fornecer tais serviços a adolescentes...

Ouviram-se muitos aplausos quando o presidente disse isso. A Kris e as amigas dela nas cadeiras dobráveis à nossa frente chegaram a soltar gritos de alegria.

Eu não comemorei.

Eu falei assim:

— Espera. O quê?

Mas o microfone preso à gola da minha camiseta não pegou o som.

E provavelmente foi melhor assim. Porque eu não podia ter acabado de escutar o que eu achava que tinha escutado. Ninguém mais estava reagindo como se tivesse ouvido algo fora do comum. Eu dei uma olhada e vi meu pai saindo do ginásio por ter recebido outra ligação no celular. Minha mãe estava tendo uma certa dificuldade em bater palmas e ao mesmo tempo equilibrar o celular dela. A Rebecca continuava lendo seu livro a respeito da teoria do caos e a Lucy passava batom.

Todas as outras pessoas batiam palmas.

Então, deve estar tudo certo. Eu devo ter ouvido errado. Então, espera. Por que mesmo eu estava preocupada? Ah, sim. Sexo. Com o meu namorado. Em Camp David. Depois de amanhã.

— Sinto que este é um passo importante — o presidente prosseguiu, depois de erguer as duas mãos para acalmar os aplausos — para abrir as linhas de comunicação entre pais e adolescentes. Os Estados Unidos atualmente lideram a lista de nações desenvolvidas em taxas de gravidez adolescente e disseminação de doenças sexualmente transmissíveis. Se os pais fossem informados sobre o comportamento dos filhos pelas agências que, neste momento, têm permissão para manter essa informação em sigilo, estou falando das clínicas e até das farmácias que têm papel importante na promoção da atividade sexual, então isso realmente poderá chegar ao fim...

Mais aplausos. *Mais aplausos.*

Não dava para acreditar. Eu não tinha escutado mal. O que estava acontecendo? Por que as pessoas estavam batendo palmas? Será que ninguém entendia o que o pai do David estava *dizendo*?

E por que nada disso estava na documentação que o secretário de imprensa da Casa Branca tinha me dado? Lá não dizia nada a respeito da exigência de que clínicas e farmácias notificassem os pais se adolescentes procurassem métodos de contracepção. Se dissesse alguma coisa, eu teria notado. Esse tipo de coisa *meio* que anda na minha cabeça ultimamente.

Os aplausos para o presidente tinham se tornado ensurdecedores. Eram tão altos que demorou alguns segundos antes que alguém tivesse escutado quando eu disse:

— Espera! Espera só um minuto!

O Random, ao reparar que eu tinha pulado da minha banqueta, olhou para o meu lado e, sem ver no TelePrompTer se já era mesmo a minha vez de falar, disse:

— Samantha? Você por acaso, hum, deseja dizer algo?

— É, tem sim uma coisa que eu desejo dizer. — As fichas com anotações continuavam no meu bolso. Eu não ia pegá-las. Não ia pegá-las porque tinha me esquecido completamente delas. Eu estava confusa e aborrecida demais.

— Por que está todo mundo batendo palmas? — Olhei diretamente para a Kris Parks e as amigas dela. — Vocês não percebem o que ele está dizendo? Não veem o que está acontecendo aqui?

— Hum, Samantha — o presidente, atrás de mim, disse. — Acho que, se você me deixar terminar, vai descobrir o que está acontecendo aqui: estou tentando fortalecer a família norte-americana ao devolver o controle às pessoas que sabem o que é melhor para os filhos...

— Mas isso... isso está errado! — Não dava para acreditar que eu era a única pessoa naquele lugar que parecia pensar assim. Olhei para a Kris e para os outros alunos da Escola Adams. — Vocês não entendem? Não captam o que ele está dizendo? Esse negócio de Retorno à Família... é uma bobagem! É um truque! É um...

De repente, a Dauntra surgiu na minha cabeça. A Dauntra, que *não podia* retornar à família porque tinha sido expulsa dela. A Dauntra, que questionava a autoridade; tanto que estava disposta a ser presa por isso.

— É uma conspiração! — berrei. — Uma conspiração para tirar os nossos direitos!

— Ora, Sam — o presidente disse, com voz simpática. — Não vamos fazer drama...

— Que drama estou fazendo? — Virei para ele para perguntar. — Você está aqui, basicamente dizendo para o público americano que deseja que os farmacêuticos e os médicos dedurem os adolescentes que os procurem para ajudá-los a...

— Samantha — o presidente disse, parecendo mais bravo do que eu jamais vira, incluindo a vez em que peguei o último biscoito de chocolate com gotas de chocolate em uma cesta de cortesia que a Capital Cookies tinha enviado a ele. — Você está simplificando demais a questão. Os norte-americanos sempre deram valor à família acima de tudo. As famílias norte-americanas são a espinha dorsal deste país, desde os Pais Peregrinos que chegaram à bordo do *Mayflower* até os colonizadores que ocuparam as planícies, e também aos imigrantes que transformaram esta nação no grande caldeirão de culturas que é hoje. Eu, por exemplo, não vou ficar aqui parado, permitindo a dissolução da família norte-americana por meio do esvaziamento do direito dos pais...

— Mas e os *meus* direitos? — eu quis saber. — E os direitos das crianças e dos adolescentes? Nós também temos direitos, você sabe.

Olhei de novo para o público. Era difícil enxergar os rostos por causa das luzes fortes da filmagem brilhando nos meus olhos. Mas consegui encontrar o David.

E vi que ele sorria para mim. Não como se estivesse feliz com o que estava acontecendo nem nada. Mas como se ele compreendesse que eu só estava fazendo aquilo porque era necessário.

Por que, realmente, quem mais ali poderia fazer isso?

E, ao ver aquele sorriso, eu entendi uma outra coisa de repente. Algo que, até então, não estava claro para mim.

— Vocês não percebem? — perguntei à plateia... e ao presidente ao mesmo tempo. — Vocês não percebem? A maneira de fortalecer as famílias não é por meio do enfraquecimento de um dos membros, ao mesmo tempo em que se dão mais direitos a outro. Não tem a ver com as PARTES. Tem a ver com o TODO. Tudo tem que ser IGUAL. Uma família é como... é como uma casa. É necessário haver uma base primeiro, antes que se possa começar a fazer a decoração.

Fiquei imaginando se a Susan Boone estava assistindo àquilo. Eu meio que não conseguia imaginá-la assistindo à MTV. Mas, ei, nunca se sabe. Talvez a Susan *estivesse* assistindo. Se estivesse, ela entenderia. Entenderia que eu finalmente tinha compreendido. O que ela me falava fazia duas semanas, a respeito de como não se pode negligenciar o todo pelo bem das partes. Agora eu tinha entendido. Estava pronta para a aula de desenho com modelo vivo. Eu finalmente tinha entendido.

Pena que já era tarde demais.

— Vocês não entendem? — apelei às outras pessoas da minha idade na plateia. — A verdadeira razão por que os Estados Unidos lideram os rankings de gravidez adolescente e de disseminação de DSTs entre as nações desenvolvidas não é porque as clínicas não notificam os pais a respeito do comportamento de seus filhos adolescentes, mas porque aqui, a única coisa que nos ensinam é a dizer não. Em vez de: "Olha, eis o que você deve fazer se essa coisa de dizer não não funcionar". Só... não. Nos países em que os adultos são *abertos* com os filhos e conversam sobre sexo e contracepção, e em que os adolescentes são ensinados que não há nada de vergonhoso ou qualquer coisa assim sobre a questão, as taxas de gravidez indesejada e de DSTs são mais baixas...

— Compreendo sua preocupação, Samantha — o presidente me interrompeu, com um sorriso um pouco tenso. — Mas não estou falando de famílias como as que você e seus colegas aqui desta ótima escola têm. Estou falando sobre as famílias que não têm as mesmas vantagens que a sua...

Não dava para acreditar. O que ele estava *dizendo*? Que as famílias que moravam em Cleveland Park de algum modo estavam imunes a ser maus pais e cujos filhos não faziam experiências sexuais?

— ...que não ensinam aos filhos o tipo de moral que seus pais incutiram em você — o presidente prosseguiu. — Você e todos os seus amigos aqui da Academia Preparatória John Adams são ótimos exemplos para esta nação do tipo de adolescente que devíamos estar nos esforçando para criar, crianças que têm caráter moral para defender tudo aquilo em que acreditam, para dizer não às drogas e ao sexo...

— Então, só porque eu disse sim para o sexo — declarei, toda esquentada —, eu sou um exemplo ruim para esta nação? É isso que está dizendo?

Houve um instante em que todo mundo (inclusive eu mesma) se deu conta do que eu acabara de dizer.

Na medida em que a ideia de que eu acabava de anunciar para o país todo que eu tinha transado com o meu namorado (apesar de não ter transado) era absorvida, não pude deixar de desejar que o chão do ginásio embaixo dos meus pés se abrisse e me engolisse inteira.

Infelizmente para mim, no entanto, isso não aconteceu.

— Ai, meu Deus — ouvi a voz da minha mãe quebrar a imobilidade repentina que tomara conta do ginásio.

E aí:

— Ai meu Deus — ouvi a voz da mãe do David dizer.

Ai, parece que o Random Alvarez acordou do cochilo em que tinha entrado enquanto o presidente e eu falávamos e disse para a câmera:

— Voltamos já, já, logo após as mensagens dos nossos patrocinadores!

As dez principais razões por que você deve pensar duas vezes na próxima oportunidade que tiver de salvar a vida do presidente:

10. Depois disso, você vai ser incomodada por Membros da Família Johnson em férias em todo !ugar a que for.

9. Pode ser que a convidem a ir ao programa da Oprah e, depois de dizer não um milhão de vezes, você decida ir para promover a consciência sobre a questão da escravidão infantil, que na verdade ainda existe, mesmo nos Estados Unidos, e passar o tempo todo chorando porque a Oprah lhe perguntou a respeito de Mewsie, o gatinho que você tinha aos dez anos e morreu de leucemia felina.

8. Enquanto você trabalha no seu emprego de período reduzido para ganhar dinheiro suficiente para financiar seu vício em lápis de desenho, as pessoas que vão devolver *Homens de Preto II* perguntam se você sabe a verdade a respeito da Área 51, tendo visto que você tem entrada na Casa Branca e tudo o mais.

7. Você vai ter que passar todo o seu tempo livre na sala de imprensa da Casa Branca, assinando fotografias da sua própria cabeça para os fãs.

6. Nem pense em voltar a colocar os pés em um McDonald's. Você vai ser atacada pela multidão.

5. Todo mundo que você conhece vai perguntar se você consegue o autógrafo do presidente.

4. Você vai encontrar multas antigas de livros que você esqueceu de devolver à biblioteca e achou que tinha jogado fora à venda no eBay, porque todo mundo quer ter um pedacinho seu.

3. Você pode se apaixonar pelo filho dele e começar a namorá-lo.

2. E isso pode fazer com que seja extremamente desagradável quando o presidente pedir a você que dê apoio ao programa Retorno à Família e você descobrir que ele fere seu direito pessoal à privacidade.

E a razão número um por que você deve pensar duas vezes na próxima oportunidade que tiver de salvar a vida do presidente dos Estados Unidos:

1. Você pode ficar louca da vida com ele e, sem querer, anunciar para o mundo todo, em cadeia nacional, que você transou com o filho dele. Apesar de não ter transado.

Ainda.

★ 12 ★

— *São aquelas* porcarias de aulas de arte — o presidente disse.

— Não foram as aulas de arte, pai — o David respondeu, com a voz cansada. Acho que era porque ele estava cansado. Fazia uma hora que estávamos na sala da minha casa falando sobre o assunto, desde que o presidente saiu pisando firme daquela assembleia desastrosa durante o comercial, obrigando a MTV a passar uma reprise de *Pimp My Ride*.

— Só sei que o meu filho não estava interessado em sexo antes de começar a desenhar gente nua — o presidente disse.

— Pai — o David disse —, eu sempre me *interessei* por sexo. Eu sou um cara, certo? Só que na verdade não estou *fazendo* sexo. Nem *planejo* fazer no futuro próximo.

Uau. Eu não sabia que o David mentia tão bem. Falando sério.

— Então por que — o pai dele começou — a Sam disse que...

— Espera um minuto — meu pai disse. — Quem está desenhando gente nua?

— A Sam. — Minha mãe se inclinou para servir um pouco mais de café para a primeira-dama. — A Susan Boone convidou o David e ela para fazerem a aula adulta de desenho com modelo-vivo nas noites de terça e quinta.

Meu pai ficou com cara de quem não estava entendendo nada.

— E como é que isso fez os dois quererem fazer sexo?

— Nós não estamos fazendo sexo — eu disse, pelo que devia ser a trigésima milésima vez.

— Então por que, em nome de Deus — o presidente disse —, você contou para os Estados Unidos inteiros que disse sim ao sexo?

— Não sei — eu disse. Eu tinha me enrolado na menor bolinha possível no sofá, apertando as pernas contra o peito e com o queixo apoiado nos joelhos. — É que você estava me deixando tão louca da vida...

— EU? — O presidente parecia mais aborrecido que nunca. — Como você acha que *eu* me sinto? Fiquei lá igual a um idiota falando sobre como o meu filho é um ótimo exemplo, e acontece que, durante todo o tempo, ele estava me transformando no maior hipócrita do planeta...

— Não, não transformou — eu disse, sentindo-me pior que nunca. — Porque nós não estamos fazendo...

— É, bom, não me lembro exatamente de você ter me perguntado se eu era a favor do seu projeto de lei para a obrigação de obter autorização dos pais para que os jovens usem os serviços de clínicas de reprodução, pai — o David disse, ao mesmo tempo. — Aliás, também não me lembro de a Sam ter visto isso em qualquer um dos materiais relativos ao programa Retorno à Família que você deu a ela.

Porque, se tivesse, tenho certeza de que ela teria comentado comigo.

— Os pais devem ter o direito de saber o que os filhos estão fazendo pelas costas deles — o presidente declarou.

— *Por quê?* — o David quis saber. — Para que eles reajam do mesmo jeito que você está reagindo agora? De que *adianta*, pai? Eles só vão entrar em pânico, como está acontecendo com você.

— Se eles descobrirem ANTES de os filhos irem lá FAZER sexo — o presidente disse — TALVEZ possam impedi-los, abrir as linhas de comunicação para impedir os filhos de cometerem o pior erro de suas vidas...

— Não vamos fazer drama, certo? — O tom da minha mãe era firme: o mesmo que ela usa no tribunal. — A Sam pediu desculpa pelo que fez, e explicou que estava falando de maneira hiperbólica (uma palavra que cai na prova e significa "uma afirmação exagerada, proferida em estado de animação"). — Acho que a verdadeira questão aqui é o que faremos sobre o assunto.

— Vou dizer o que NÓS vamos fazer sobre o assunto — o presidente disse. — Internato.

O David ergueu o olhar para o teto, em uma expressão entediada.

— Pai — ele disse.

— Estou falando sério — o presidente respondeu. — Não me importo se só falta um ano para você terminar o ensino médio. Vou mandá-lo para a escola militar, e esta é minha decisão final.

Olhei apavorada para o David.

Mas ele parecia calmo... muito mais calmo, aliás, do que seria de se pensar, levando em conta que estava prestes a ser matriculado em algum tipo de quartel no interior do país.

— Você não vai me mandar para lugar nenhum, pai — o David disse. — Porque eu não FIZ nada. Em vez de tirar conclusões precipitadas como um reacionário, por que você não tenta entender o que a Sam estava dizendo durante a assembleia... que é preciso haver um equilíbrio dentro das famílias para que elas funcionem. Todo mundo tem seus próprios direitos, desde que eles não interfiram nos dos outros. Só porque os adolescentes não têm idade para votar, isso não quer dizer que você deve tirar todos os direitos deles.

O pai do David irradiava ódio.

— Esta é uma simplificação excessiva de...

— É mesmo? — o David perguntou. — Talvez seja bom você ter em mente que, em poucos anos, esses adolescentes terão *sim* idade suficiente para votar. E o que você acha que eles vão pensar do cara que fez a lei que os entrega para a mãe e para o pai cada vez que querem comprar uma camisinha?

— Já basta — minha mãe disse com muita ênfase, antes de o presidente, que parecia mais louco da vida que nunca, pudesse abrir a boca. — Não vamos resolver nenhum dos problemas da sociedade hoje à noite. — Ela mandou para o presidente seu melhor olhar de tribunal; aquele que os colegas dela na Agência de Proteção Ambiental chamam de *Morte ao Industrialista*. — E ninguém vai ser mandado para o internato. Nós devemos, neste momento, ficar agradecidos por termos filhos inteligentes e saudáveis, que sempre tomaram as decisões certas no passado. Eu, de minha parte, pretendo confiar neles para continuarem a tomar as decisões certas no futuro.

— Mas... — o presidente começou.

Só que, desta vez, foi a mulher dele que interrompeu.

— Eu concordo com a Carol — a primeira-dama disse. — Acho que devemos deixar para lá todo esse incidente infeliz e tentar olhar para o lado positivo.

— Que é qual? — o presidente quis saber.

— Bom. — A mãe do David teve que pensar por um minuto. Então, o rosto dela se iluminou. — Pelo menos, os nossos filhos não são adolescentes apáticos, como tantos jovens. O David e a Sam realmente parecem se importar com as questões que lhes dizem respeito.

O presidente não parecia achar que isso fosse algo para deixar qualquer um agradecido. Ele se afundou na cadeira com um suspiro carregado.

— Não acredito — ele disse, para ninguém em particular — que o meu dia foi assim.

De repente (apesar de eu ainda estar louca da vida com ele por tentar se aproveitar de mim... porque era exatamente o que ele estava tentando fazer, bem como a Dauntra tinha me avisado), fiquei com um pouco de pena do pai do David, afinal de contas, o programa dele realmente tinha alguns pontos bons.

— O Retorno à Família é uma boa ideia — eu disse, para fazer com que ele se sentisse um pouco melhor. — Se significar, sabe como é... isto. As famílias conversarem sobre as coisas. Mas se significa infringir os direitos de alguém.... bom, como é que isso ajuda as pessoas?

Ele me lançou um olhar muito azedo.

— Eu captei a mensagem, Sam — ele disse. — Em alto e bom som. Acho que os Estados Unidos inteiros captaram.

Tomando isso como dica de que talvez o pai do David já estivesse por aqui de mim, eu me arrastei para fora do sofá e me esgueirei para longe da sala...

...e fiquei feliz quando o David se juntou a mim na cozinha silenciosa, já que a Lucy e a Rebecca tinham sido enxotadas para o quarto delas havia muito tempo... mas eu tinha certeza que as duas deviam estar no alto na escada, tentando escutar tudo sem ninguém ver.

— Está tudo bem? — o David perguntou quando finalmente ficamos só nós dois.

Em vez de responder, joguei meus braços ao redor do pescoço dele e fiquei lá parada, com o rosto enterrado no peito dele, sentindo o cheiro dele e tentando não chorar.

— Pronto, pronto — o David disse, acariciando meu cabelo Ébano da Meia-Noite. — Vai dar tudo certo, Sharona.

— Sinto muito — eu disse, fungando. — Não sei o que deu em mim lá no ginásio. — Fiquei lá com os olhos fechados, absorvendo toda a quentura que podia através do suéter dele, desejando nunca mais ter de largá-lo.

— Não se preocupe — ele disse. — Você só fez o que sempre faz... defendeu aquilo em que acredita.

Fiquei com uma cara de surpresa quando ouvi isso. Porque simplesmente não é verdade. Eu *não* defendo aquilo em que acredito. Não com a Kris na escola. Nem com o Stan no trabalho. E principalmente não com o David. Se defendesse, eu não iria viajar para Camp David com ele no feriado de Ação de Graças.

— Olha, David — eu disse, depois de respirar fundo. — Sobre o feriado de Ação de Graças...

— Você ainda vai conosco, certo?

Só que a pergunta não foi do David. Foi da mãe dele, a primeira-dama, que entrou na cozinha bem naquele instante. O David e eu nos afastamos.

O que eu devia responder? Ela parecia preocupada de verdade. Como se só conseguisse pensar em todo o desperdício de peru se eu não fosse.

— Hum, vou — respondi. — Claro que vou.

— Que bom — a primeira-dama disse. — Fico muito feliz. Vamos, David, está na hora de irmos para casa. Boa-noite, Sam.

— Hum — eu disse. — Boa-noite para a senhora. E... sinto muito, de verdade.

— Não é sua culpa — a mãe do David disse com um suspiro. — Diga à Sam que você a pega na quinta de manhã, David.

O David sorriu para mim.

— Eu pego você na quinta de manhã, Sam — ele disse e, depois de dar um apertão na minha mão, largou-a e seguiu a mãe até o hall de entrada.

Quinta-feira. Ótimo.

— Bom — minha mãe disse quando finalmente fechamos a porta atrás das visitas. — Isso foi mesmo ótimo. Pena que eles levaram os agentes do Serviço Secreto. Uma bala na minha cabeça cairia bem, agora.

Apesar de eu meio que me sentir da mesma maneira, resolvi que estava na hora de fazer o discurso que eu estava ensaiando lentamente desde que tínhamos deixado aquele ginásio.

— Mãe, pai — eu disse. — Gostaria de aproveitar esta oportunidade para agradecer aos dois por terem me criado em uma atmosfera tão calorosa e cheia de apoio, e por me fornecerem os modelos de conduta positiva dos quais uma menina como eu realmente precisa para se virar nesta paisagem urbana tão complexa e mutável.

— Sam — meu pai interrompeu. — Eu já percebi que você só estava querendo fazer um posicionamento hoje à noite. No entanto, acho que está na hora de promover algumas mudanças nesta casa. Algumas mudanças bem GRANDES. Tendo isso em mente, eu realmente gostaria que você fosse para o seu quarto agora. E que ficasse lá — completou, parecendo, pela primeira vez em muito tempo, exercer seu papel de pai.

— Hum — respondi. — Tudo bem. — E corri escada acima para o meu quarto.

Onde encontrei minha irmã Lucy esperando, de olhos arregalados.

— Ai, meu Deus — ela exclamou, depois de se assegurar que nossos pais tinham fechado a porta do quarto deles e não podiam nos escutar. — Aquilo foi... aquilo foi INSANO.

— Nem me diga — respondi, de repente me sentindo exausta.

— Quero dizer, eu nunca vi a mamãe e o papai tão... tão... tão do jeito que eles estão.

— É — eu disse, olhando para a minha foto da Gwen de noiva.

— Então, você está totalmente de castigo?

— Não.

A Lucy pareceu ficar chocada.

— NENHUM castigo?

— Não — respondi. — Mas o papai disse que haveria algumas mudanças por aqui. Algumas mudanças bem GRANDES.

A Lucy se afundou na minha cesta de roupa suja, obviamente abalada até os ossos.

— Uau — ela disse. — Você matou a Carol e o Richard.

— Não acho que tenha matado os dois — eu disse. — Acho que eles só, tipo... confiam em mim.

— Eu sei — a Lucy disse, sacudindo a cabeça. — Esta é a beleza da coisa. Eles não fazem ideia do que você REALMENTE planejou. Para o dia depois de amanhã.

Eu não precisava do lembrete, mesmo. Segurei minha barriga, de repente certa de que iria vomitar.

— Lucy — eu disse —, será que a gente pode conversar sobre isso alguma outra hora? Porque acho que, neste momento, preciso ficar sozinha.

— Já ouvi — a Lucy disse e se levantou para sair. — Mas só quero dizer, em nome de todas as adolescentes... Mandou bem!

Aí ela saiu e fechou a porta atrás de si sem fazer barulho.

E eu olhei para a Gwen e tive um ataque de choro.

Os dez principais motivos por que eu odeio a minha escola:

10. As pessoas que estudam lá totalmente julgam você pelas suas roupas. Se, por exemplo, você gosta de usar preto, quase todo mundo com quem você cruza no corredor chama você de aberração — na sua cara.

9. Se você por acaso tinge o cabelo de preto, além de ser chamada de aberração, também é chamada de aberração gótica e aberração punk. Algumas pessoas também podem ter a ideia de perguntar onde você estacionou sua vassoura, por acharem que você é praticante de wicca; sem se darem conta, é claro, que a wicca é uma religião antiga que antecede o cristianismo e se baseia na apreciação da natureza e na celebração das forças da vida e que tem muito pouco, ou quase nada, a ver com vassouras, que só são usadas como ferramentas cerimoniais em alguns rituais wiccanos.
   Não que eu tenha estudado wicca. Muito.

8. Os únicos assuntos sobre os quais as pessoas falam são os participantes de *American Idol* ou qual time de qual escola vai para cada final. Ninguém nunca fala de arte ou de ideias, só de TV e de esporte. Isso

me parece exatamente o oposto do que uma escola deveria fazer, que é abrir a mente para coisas novas e abraçar o conhecimento (NÃO os mais novos modelos da Juicy Couture).

7. As pessoas jogam lixo no chão, total. Tipo, simplesmente jogam o papel do chiclete em qualquer lugar. É um nojo.

6. Se, por exemplo, você menciona que gosta de um certo tipo de música que não seja Limp Bizkit nem Eminem, você sempre é desprezada e xingada de trouxa que gosta de ska.

5. Uma palavra: Educação Física. Ou serão duas palavras? Bom, tanto faz. É um saco. Ouvi dizer que, em algumas escolas públicas, começaram a dar aulas legais, como de defesa pessoal e de aventuras na natureza, como as do programa Outward Bound, que promove o autoconhecimento, em vez de jogos infindáveis de queimada.
Eu gostaria muito de estudar em uma escola assim.

4. Todo mundo acha que tem que saber tudo sobre a vida dos outros. A fofoca é praticamente uma religião na Escola Adams. A única coisa que se escuta nos corredores é: "E aí ela disse... e aí ele disse e aí ela disse..." É de fazer explodir a cabeça da gente.

3. Apesar de todo mundo se fingir de santinho e recatado, parece que, quanto mais vulgar for a sua reputação, mais popular você é. Tipo o jogador de futebol que ficou bêbado em uma festa e Fez Aquilo com uma menina que estava na classe dos atrasados. Ele até foi eleito como Rei do Baile de Formatura naquele ano. É. Que belo modelo de conduta.

2. Os corredores principais estão cheios de vitrine atrás de vitrine cheia de troféus de esporte, mas só tem uma vitrine para alunos que ganharam prêmios de arte, e essa vitrine fica no porão, perto da sala de arte, onde só as pessoas que fazem aula de arte passam.

E o principal motivo por que eu odeio a minha escola:

1. Meus pais não me deixaram faltar à aula no dia seguinte ao meu anúncio na MTV de que eu tinha dito sim para o sexo.

★ 13 ★

A Theresa teve que nos levar para a escola no dia seguinte, porque havia tantos repórteres na frente de casa que meus pais não nos deixaram tomar o ônibus.

O que provavelmente foi muito bom, pois, tomando como exemplo as perguntas que os repórteres gritavam ("Sam! Você e o David já ficaram juntos no Quarto de Lincoln?"), o pessoal do ônibus não demonstraria lá muita compreensão em relação à situação, se é que você me entende.

A Theresa, é claro, culpava a si mesma.

— Eu devia saber — ela não parava de repetir. — Todas as vezes que eu cheguei e você me disse que estava estudando. Estudando. HA!

— Theresa — eu disse. — O David e eu *realmente* ficamos estudando nas vezes em que ele veio aqui.

Mas parecia que ela nem estava escutando.

— Que tipo de exemplo você está dando para sua irmã menor? — A Theresa queria saber. — Que tipo?

— Pelo amor de Deus — a Rebecca disse, enojada. — Meu QI é de 170. Já sei tudo sobre sexo. Além do mais, até parece que eu nunca assisti ao programa *Showtime After Dark*.

— Santa Maria! — a Theresa disse ao ouvir isso.

— Tanto faz — a Rebecca disse — Passa logo depois de *National Geographic Explorer*.

— Não quero ouvir mais nada sobre esse assunto — a Theresa disse com um ar sombrio quando paramos na frente da escola e eu vi a Kris Parks lá, batendo ponto do lado do cartaz da Escola Adams. — Vocês me encontram aqui quando as aulas terminarem. E não quero saber de ninguém cabulando para fazer sexo!

— Pelo amor de Deus, Theresa — eu disse. — Não sou ninfomaníaca.

— É só para garantir — a Theresa disse. Depois disso, foi embora.

Quando não está chovendo, as pessoas geralmente ficam esperando nos degraus da Escola Adams antes de o primeiro sinal tocar, conversando sobre o que passou na televisão na noite anterior ou sobre quem está vestindo o quê. Geralmente, se você não vai se encontrar com alguém que esteja nos degraus que levam à escola, é preciso abrir caminho por entre a multidão para conseguir subir a escada.

Mas não hoje. Hoje, a multidão se abriu como que por magia, para deixar a Lucy e eu passarmos. Enquanto escalávamos os degraus, com os livros agarrados junto ao peito, as conversas cessaram, e as vozes silenciaram, e todo mundo ficou olhando para nós.

Ficaram olhando para a aberração e a irmã dela.

— Isso — sussurrei para a Lucy, enquanto nós duas entrávamos na escola — é o maior saco.

— Do que você está falando? — ela quis saber. Eu vi quando ela olhou o corredor ao redor e percebi que ela não estava prestando a menor atenção ao que estava acontecendo ali. Só estava à procura do Harold.

— *Isto* — respondi. — Todo mundo acha que o David e eu Fizemos Aquilo.

— Bom — a Lucy disse —, mas vocês não vão mesmo fazer?

— Não necessariamente — eu disse por entre os dentes cerrados.

Finalmente, a Lucy olhou para o meu lado.

— Mesmo? Achei que você já tinha se decidido.

— *Eu* ainda não decidi nada — afirmei com muita veemência. — Parece que todas as OUTRAS pessoas decidiram por mim.

— Bom — a Lucy disse, ao avistar alguém no meio da multidão com quem desejava falar. — Boa sorte para você. A gente se fala.

Aí, ela saiu apressada... bem na direção do Harold, que estava saindo do laboratório de informática, com a cabeça enfiada em um livro chamado *Algoritmos para gerenciamento automático de memória dinâmica*.

O último livro que a Lucy tinha deixado jogado no banheiro se chamava *Ela foi até o fim*. Era meio difícil achar que aqueles dois tinham sido feitos um para o outro.

Suspirando, fui até o meu armário e fiquei lá mexendo na combinação, ciente de que, ao meu redor, toda a cacofonia (outra palavra que cai na prova e significa "combinação de sons dissonantes") de sempre no corredor tinha quase sumido porque as pessoas baixavam a voz para falar de mim enquanto passavam por mim. Os olhos se apertavam em fendas contornadas de muito rímel quando grupinhos de meninas passavam por mim e pastas subiam até a boca das pessoas enquanto elas cochichavam entre si, falando de mim. Dava para sentir um milhão de olhos nas minhas costas enquanto eu girava os numerozinhos do cadeado do meu armário.

Por que eu não tinha me fingido de doente hoje? Como posso ter esquecido que, por mais orgulho que o povo norte-americano possa ter de mim por ter salvado a vida do presidente e namorar o filho dele, a verdade é que os meus colegas da Escola Adams nunca gostaram muito de mim?

E agora eles têm uma razão novinha em folha para me desprezar.

E será que posso culpá-los? O que mais eu tinha feito ontem à noite, de verdade, além de fazer a escola parecer uma piada ao anunciar na TV que eu não sou diferente de nenhum dos alunos de escola pública que eles passam tanto tempo desprezando?

Meu Deus, não é para menos que ninguém queira falar comigo... por isso estavam todos cochichando *sobre* mim em vez disso...

— Então. Você ia me contar algum dia?

Eu me sobressaltei, assustada com a voz suave, e virei minha cabeça para trás e dei de cara com os olhos castanhos e gentis da Catherine.

— Catherine — eu disse. — Ai, meu Deus. Oi.

— Bom? — As sobrancelhas da Catherine estavam levantadas. — Ia ou não?

— Ia ou não fazer o quê?

— Se você algum dia ia me contar — ela disse. — Sobre você e o David. Sabe como é.

Senti minhas bochechas esquentarem e ficarem mais vermelhas que nunca.

— Não tem nada para contar — eu disse. — É sério, Catherine. Aquela coisa toda ontem à noite... o David e eu nunca... tipo, foi só um grande mal-entendido.

Será que era minha imaginação ou a expressão da Catherine ficou mesmo meio decepcionada?

— Não aconteceu nada? — ela disse, com ar de decepção.

— Não — eu disse. — Bom... ainda não. Tipo... — Minha voz sumiu e eu fiquei olhando para ela. — Você ia *querer* que eu contasse para você? Se tivesse acontecido?

Os olhos da Catherine se arregalaram.

— CLARO que eu ia querer — ela disse. — Por que NÃO iria querer?

— Porque — respondi. — Sabe como é. Por eu ter namorado e você... não ter mais.

— Eu não me importo com *isso* — a Catherine disse, com cara de magoada. — Você devia saber isso. Anda *logo*. Conta tudo. Deixa eu viver por meio das suas aventuras!

Ela estava tirando sarro da minha cara. Não dava para acreditar. A Catherine estava tirando sarro da minha cara.

Eu nunca tinha ficado tão feliz por alguém tirar sarro da minha cara na vida.

— Eu queria contar — eu disse. — Quero dizer, que o David e eu estávamos... sabe como é. Conversando sobre o assunto. Mas achei que poderia parecer... sei lá. Que eu queria contar vantagem.

— CONTAR VANTAGEM? — a Catherine sorriu. — Está de brincadeira? Você é igual à Amelia Earhart, Sam.

Fiquei olhando para ela.

— Sou?

— É, sim. Você está abrindo caminho para todas as meninas nerds do mundo. Você tem que nos contar tudo. Se não, como é que vamos saber o que fazer quando chegar a nossa vez? — Ela enroscou o braço no meu e disse: — Então, comece pelo início. Quando foi que ele disse que queria? Como ele tocou no assunto? Você já viu o "você sabe o quê" dele? E era maior que o daquele tal de Terry?

Dei uma risada. E fiquei surpresa de me ver fazendo isso. Depois da noite anterior, eu estava com bastante certeza de que nunca mais daria risada. Porque quem haveria para rir junto, se ninguém estava falando comigo?

Mas eu tinha me esquecido da minha melhor amiga... e, de certo modo, eu sabia que ela nunca teria se esquecido de mim.

— Vou contar tudo para você — eu disse. — No almoço. Não que tenha muita coisa. Para contar, quero dizer.

— Promete?

— Prometo — eu disse. E bati a porta do armário para fechar.

— Então — a Catherine disse, quando o sinal da primeira aula tocou. — A gente se fala na hora do almoço.

— A gente se fala — respondi. Então, completei para mim mesma: *Se eu sobreviver até lá.*

Porque eu realmente não sabia se conseguiria. Sobreviver até a hora do almoço. Estou acostumada às pessoas tirando sarro da minha cara por causa das minhas roupas e do meu cabelo. Não dá para andar de preto em um mar de camisas polo da Izod e estampas xadrez sem atrair comentários, sabe como é?

Mas, isto. Isto era diferente. As pessoas não estavam me chamando de aberração nem me perguntando que hora era a rave. Só estavam... me ignorando. De verdade. Olhando através de mim, como se eu nem estivesse lá.

Só que eu sabia que todo mundo estava me vendo, porque, no instante em que achavam que eu estava longe o bastante para não escutar, eu ouvia cochichos entre as pessoas. Ou, pior... risadas.

Os professores, pelo menos, tentavam fingir que aquele era só mais um dia normal na Escola Adams. Continuaram dando suas aulas como se estivessem totalmente alheios ao que tinha acontecido na noite anterior, quando uma das alunas dali tinha declarado na televisão que tinha dito sim para o sexo. Na aula de alemão, a Frau Rider até me chamou uma vez... não que eu tivesse levantado a mão. Felizmente, eu sabia que tinha de dizer *"Ist geblieben"* quando ela perguntou *"Bleiben bliebt, und denn, Sam?"*

Mas, mesmo assim, a coisa podia ter ficado feia.

E aí, no almoço, ficou.

Eu estava na fila do almoço com a Catherine, fazendo questão de ignorar todo mundo que passava por nós com uma careta (ou pior, com um ataque de riso), quando a Kris Parks apareceu com a turminha dela.

— Lá vem o pessoal da Caminho Certo — a Catherine murmurou e puxou a manga da minha blusa. — Estão vindo na nossa direção. Pela direita.

Senti minhas costas se retesarem. A Kris não teria coragem de dizer nada para mim. Claro, meninas como a Debra, que são praticamente indefesas, ela dilaceraria sem pensar duas vezes.

Mas alguém como eu? De jeito nenhum. Ela não ousaria.

Ela ousou.

Ah, ela ousou sim.

— Galiiiiinha — ela entoou por entre os dentes quando passou com suas asseclas.

Eu já tinha aguentado muita coisa naquele dia. Os cochichos. As risadinhas abafadas. As vozes abaixando repentinamente no banheiro no minuto em que eu entrava.

Eu tinha aguentado muito. Eu tinha aguentado *mais* do que muito.

Mas isso?

Isso era um pouquinho demais.

Saí da fila do refeitório e fiquei bem no meio do caminho da Kris quando ela se aproximou.

— Do que você acabou de me chamar? — perguntei a ela, com meu queixo exatamente na mesma altura que o dela.

Eu sabia que não ia ter como a Kris dizer uma coisa daquelas na minha cara. Ela era covarde demais. Não que eu achasse que iria bater nela. Eu nunca bati em ninguém na vida... bom, tirando a Lucy, é claro, quando éramos pequenas. Ah, e aquele cara que tinha tentado atirar no presidente. Mas eu não tinha bem batido nele, tinha mais pulado em cima dele.

Mesmo assim, a Kris não podia imaginar que eu iria bater nela.

Mas ela tinha que imaginar que eu faria *alguma coisa* com ela.

Mas, se pensou, parece que não se incomodou nem um pouco, porque cruzou os braços por cima do peito, entortou o quadril e disse assim:

— Eu chamei você de galinha. Porque é o que você é.

Surpreendentemente, barulhento como o refeitório da Escola Adams sempre era, naquele momento específico, dava para ter ouvido um alfinete cair. Era mesmo muita sorte minha todas as pessoas terem escolhido aquele momento específico para não falar. Nem bater um garfo no prato. Nem mastigar.

Nem respirar.

Isso foi porque (como eu devia ter percebido) todo mundo reparou quando a Kris e seu bando se aproximaram de mim. Todo mundo que estava ali sabia que seria um massacre. Todos os olhos do lugar estavam sobre mim e a Kris. Todo mundo que estava perto prendeu a respiração quando a Kris me chamou de galinha ("Ai, não acredito que ela fez isso!") e estava esperando a minha resposta.

Só que eu não tinha resposta para dar. Realmente, de verdade, eu não tinha nenhuma resposta para dar. Eu achava que a Kris recuaria. Não tinha pensado que, ao ver aquela plateia tão grande, ela realmente teria coragem de *repetir*.

Dava para sentir um calor subindo do meu peito, passando pelo meu pescoço e chegando até as minhas bochechas, até eu ter certeza de que o rubor que se infundiu (uma palavra que significa "preencher ou cobrir") no meu rosto estava visível até no meu couro cabeludo. A Kris Parks tinha me chamado de galinha. DUAS VEZES. E NA MINHA CARA.

Eu tinha que dizer alguma coisa. Não podia simplesmente ficar ali parada na frente dela. Na frente de *todo mundo*.

Eu estava tomando fôlego para dizer alguma coisa (nem sei bem o que), quando a Catherine, do meu lado, falou assim:

— Para a sua informação, Kris, tudo não passou de um mal-entendido. A Sam nunca...

Mas, mesmo enquanto as palavras ainda estavam saindo da boca da Catherine, eu percebi... simplesmente percebi que a verdade não importava. Se eu tinha transado ou não era um fato irrelevante.

E estava na hora de dar essa informação à Kris.

Então eu falei, interrompendo a Catherine completamente:

— O que dá a você o direito de ficar xingando as pessoas, Kris?

E esse foi provavelmente o revide mais ridículo de toda a história. Mas, ei, era tudo que eu tinha.

— Vou lhe dizer o que me dá esse direito — a Kris respondeu, assegurando-se de que estava projetando (uma palavra que cai na prova significa "jogar ou lançar à frente") a voz com força suficiente para que o refeitório todo escutasse. — Você apareceu em rede nacional de televisão não apenas para zombar do presidente e da família norte-americana, mas também transformou esta escola em motivo de piada. Pode parecer surpresa para você, mas tem gente aqui que não quer ter ligações com uma escola que permite que gente como você a frequente. Como é que isso vai ficar nas nossas fichas de inscrição para a faculdade quando as pessoas que fazem a seleção virem que estudamos na Escola Adams? O que você acha que eles vão pensar a partir de agora quando ouvirem o nome da nossa escola? Em grandes conquistas acadêmicas? Em performance superior nos esportes? Não. As pessoas vão ver o nome Escola Adams e pensar: "Ah, é a escola onde aquela vadia da Sam Madison estudou". Se você tivesse algum respeito por nós ou por esta escola, pediria transferência agora, para deixar que o resto de nós salvasse o pouquinho de boa reputação que este lugar ainda pode ter.

Fiquei olhando para ela, torcendo para que ela não reparasse nas lágrimas que enchiam os meus olhos. Que eram, eu disse a mim mesma, lágrimas de ódio.

— Isso é verdade? — perguntei. Não para a Kris. Mas para o resto do refeitório. Virei e olhei para todos os rostos que me fitavam. Todos estavam com uma expressão cuidadosamente vazia.

Será que era disso que a primeira-dama estava falando na noite anterior? Será que era isso a apatia adolescente em ação?

— Realmente é assim que vocês todos se sentem? — eu quis saber de todos aqueles rostos vazios. — Que eu acabei com a reputação da escola? Ou isso é só o que a KRIS PARKS acha? — Virei a cabeça para olhar cheia de ódio para a Kris. — Porque, se quiserem saber a minha opinião, a reputação da Escola Adams nunca foi assim tão boa, para começo de conversa. Ah, claro, todo mundo *acha* que esta escola é ótima. É uma das escolas com a melhor avaliação em Washington D.C., não é? Mas este é o problema. A Escola Adams NÃO É uma escola ótima. Talvez seja em termos *acadêmicos*. Mas está cheia de gente que tira sarro da sua cara se você veste qualquer coisa que não seja da J. Crew ou da Abercrombie. Gente que não hesita em chamar você de galinha na sua cara, independentemente de você ser ou não.

Eu me voltei para o resto do refeitório, sendo que minha voz tinha se elevado a um berro estridente quase histérico. Mas eu não estava nem aí.

Eu simplesmente não me importava mais com nada.

— Você todos *realmente* se sentem assim? — eu quis saber. — Acham que devo me transferir para outra escola? Vocês concordam mesmo com a KRIS?

Durante um segundo, fez-se um silêncio. Ninguém se mexeu. Ninguém disse nada.

Ninguém, menos a Kris. Ela jogou o cabelo, olhou para aquele mar de rostos e perguntou:

— E então?

Dava para ver que a Kris estava se divertindo. Ela sempre gostava de ser o centro das atenções, mas não tinha o talento necessário para conseguir papéis em qualquer uma das peças ou musicais da escola. Chamar alguém de galinha na frente da escola inteira era a única maneira possível para ela de atrair a atenção de que tanto gosta... bom, isso e ficar mandando em todo mundo no conselho estudantil.

Como ninguém respondeu, a Kris olhou para mim e disse:

— Bom, as massas se manifestaram. Ou NÃO se manifestaram, como pode ser o caso. O que está fazendo aí parada? Cai fora. *Galinhas não são bem-vindas aqui.*

— Então, acho que é melhor *você* também procurar outra escola para estudar, não é mesmo, Kris?

Não fui eu. Não fui *eu* quem disse isso. Eu *gostaria* de ter sido a pessoa a dizer isso.

Mas foi outra pessoa. Alguém que não era nem eu nem a Catherine, que, aliás, ainda estava lá parada, de queixo caído, na fila do almoço, com os olhos escuros tão cheios de pavor quanto os meus.

Não. A pessoa que mandou a Kris também encontrar uma escola nova para estudar? Não foi ninguém menos que a minha irmã Lucy, que tinha afastado a cadeira dela da mesa de almoço onde estava sentada com os amigos. Então ela se aproximou saltitante da Kris com um leve sorriso no seu rosto bonito.

Mas, considerando a situação, eu não podia imaginar que motivo a Lucy teria para sorrir.

Parece que a Kris também não.

— Não sei do que você está falando, Lucy — a Kris disse à minha irmã em um tom consideravelmente menos implicante que aquele que tinha usado para falar comigo. E, também, bem mais estridente. — Isso não é da sua conta mesmo, Lucy. Todo mundo *gosta* de você, Lucy. Estou falando da sua irmã.

— Mas esse é exatamente o problema, Kris — a Lucy disse. — Tudo que envolve a minha irmã TEM a ver comigo.

Ao dizer isso, a Lucy se aproximou de mim e me abraçou pelo pescoço. Acho que a intenção dela era que o gesto fosse carinhoso, mas a verdade era que ela estava me estrangulando um pouco com esse abraço apertado.

— E, aliás — a Lucy completou —, você é a maior mentirosa, Kris.

A Kris olhou por cima do ombro para a turminha dela: todo mundo olhava para ela, por sua vez, com uma expressão confusa, como quem diz: *A gente também não sabe do que ela está falando*.

— Hum — a Kris disse. — Dá licença, Lucy? Acho que todos nós estávamos assistindo ontem quando a sua irmã informou ao mundo inteiro que ela tinha dito sim para o sexo.

— Não foi *isso* que eu disse que é mentira — a Lucy disse. — Tipo, não foi você que eu vi ontem à noite no estacionamento da escola, no banco de trás da limusine do Random Alvarez?

A Kris se enrijeceu toda, como se a Lucy a tivesse atingido. E acho que, de certo modo, tinha mesmo.

— Eu... — a Kris olhou para a turminha dela, toda nervosa. Mas todo mundo só olhava fixamente para ela, como se dissessem: *Espera.. O QUE ela disse? Ah, ISSO sim é interessante*.

A Kris rapidamente se voltou para a Lucy.

— Não. Sim... Eu *estava* na limusine dele. Mas não estávamos FAZENDO nada. Tipo, ele só queria me mostrar uma demo que tinha gravado. Ele me chamou para assistir a uma demo...

— E parece — a Lucy disse — que você simplesmente respondeu sim.

— Respondi — a Kris disse. Então começou a sacudir a cabeça quando se deu conta do que tinha dito. — É, não. É...

De repente, era a Kris que estava vermelha até o couro cabeludo.

— Não foi isso que eu quis dizer — a Kris falou, rápido demais. — Não é... foi perfeitamente inocente. — Ela olhou de novo para suas colegas da Caminho Certo. — O Random e eu só conversamos. Ele gostou de mim de verdade. Provavelmente vai me levar ao Video Music Awards em Nova York...

Mas ninguém acreditou nela. Dava para ver que ninguém tinha acreditado nela, nem mesmo o pessoal da Caminho Certo. Porque todo mundo viu como ela tinha ficado dando em cima do Random.

— O negócio, Kris — a Lucy disse, sem parar de me estrangular com seu abraço afetuoso —, é que você precisa tomar cuidado com quem chama de galinha. Porque a verdade é que nós somos muito mais numerosos do que — ela olhou direto para a turminha da Kris, e não para a Kris — vocês.

A Kris gaguejou.

— M-mas... eu não estava falando de *você*, Lucy. Eu nunca... Tipo, ninguém nunca chamaria VOCÊ de galinha.

— Vamos deixar uma coisa bem clara, Kris — a Lucy disse. — Se você vai chamar a minha irmã de galinha, então é melhor estar preparada para me chamar de galinha também. Porque, se a Sam é galinha, Kris, então... eu... também... sou.

Com isso, ouviu-se uma respiração profunda coletiva quando todo mundo no refeitório engoliu em seco ao mesmo tempo. Meus olhos, nesse meio-tempo, tinham se enchido de lágrimas mais uma vez. Não dava para acreditar. A Lucy estava arriscando a reputação dela por mim. POR MIM.

Foi a coisa mais legal que ela já fez por mim. Foi a coisa mais legal que *qualquer pessoa* já fez por mim.

Até que, em algum lugar do refeitório, alguém derrubou uma cadeira. Então uma voz masculina profunda ressoou:

— Eu também sou.

E, para a minha surpresa total, o Harold Minsky se aproximou de nós, com os ombros bem empinados para trás por baixo da camisa havaiana dele.

A expressão da Lucy se derreteu em devoção completa (com toques de surpresa) ao olhar para seu tutor todo altão e CDF ali do lado dela.

— Se elas são galinhas — o Harold disse em tom desafiador, apontando para a Lucy e para mim —, então eu também sou galinha.

— Ah, *Harold* — a Lucy disse, com uma voz que eu nunca a tinha visto usar antes... certamente nunca tinha usado com Jack.

O rosto do Harold estava ficando tão vermelho quanto as flores da camisa dele, mas ele não recuou.

— Solidariedade de galinhas — ele disse, com um aceno de cabeça para nós.

E foi aí que a Catherine de repente saiu da fila do almoço e se aproximou por trás da Lucy, do Harold e de mim e disse:

— *EU TAMBÉM* — com a voz mais alta que eu já a vi usar.

Ai, meu Deus! Estiquei o pescoço para tentar ver o rosto da Catherine, mas estava difícil, com a Lucy me agarrando daquele jeito. O que estava acontecendo ali?

— Cath — eu sussurrei. — Você não é galinha. Fica fora disso.

Mas a Catherine só disse, alto o suficiente para todo mundo no refeitório escutar:

— Se a Sam e a Lucy Madison são galinhas, eu também sou.

Um burburinho tomou conta do lugar, com todo mundo comentando. A *Catherine*, galinha? Os pais dela nem deixavam ela ir de *calça* para a escola.

A Kris percebeu que agora estava encrencada. Dava para ver pelo jeito como o olhar dela passava rapidamente de nós para o resto do pessoal do refeitório, que não despregava os olhos da cena, todo mundo tão transfixado como se Simon Cowell e Paula Abdul estivessem discutindo bem ali na frente deles.

— Hum — a Kris disse. — Olha. Eu...

Mas a voz dela foi abafada enquanto, por todo o refeitório, pés de cadeiras se arrastavam no chão. De repente, os alunos da Academia Preparatória John Adams estavam todos de pé...

E se declarando galinhas.

— Eu também sou galinha! — berrou o Mackenzie Craig, o presidente de óculos do Clube de Xadrez, que nunca tinha saído com uma menina.

— *Eu* sou galinha — gritou o Tom Edelbaum, que fazia o papel principal na versão de *Godspell* do Clube de Teatro.

— Eu sou o maior galinha de todos! — disse o Jeff Rothberg, namorado da Debra Mullins, com os punhos fechados, como se estivesse disposto a brigar com qualquer pessoa que ousasse questionar sua posição de galinha.

— *Somos todos galinhas!* — a equipe de corrida inteira da Escola Adams se levantou de um pulo, toda alegre para anunciar.

Logo, todo mundo presente ao refeitório (menos a Kris e as colegas dela da Caminho Certo) estava de pé declarando: "*Eu sou galinha!*"

Foi uma coisa linda.

Quando o diretor Jamieson chegou lá, estávamos todos entoando: "*Sou galinha. Sou galinha. Sou galinha.*"

Foi necessária a ação do técnico de futebol para fazer todo mundo se acalmar. O diretor Jamieson pediu a ele que usasse seu apito atlético (aquele do qual ele tinha tirado a bolinha) durante um bom tempo e com muita força, já que ninguém obedeceu aos pedidos aos berros do diretor de *Por favor, acalmem-se. Por favor, pessoal, simplesmente acalmem-se!*

Mas ninguém conseguiu continuar gritando com o som estridente do técnico Long. Tivemos que tapar as orelhas com as mãos, de tão alto que o som era.

Bem rapidinho, a solidariedade de galinhas tinha chegado ao fim.

— O que está acontecendo aqui? — o diretor Jamieson perguntou quando a cantoria parou e todo mundo voltou a atenção para a comida mais uma vez, quase como se nada tivesse acontecido.

— Ela chamou a minha irmã de galinha — a Lucy disse, apontando para a Kris.

— Eu... eu não chamei! — os olhos azuis da Kris estavam esbugalhados. — É, chamei, mas... Pô ela merece! Depois do que ela fez ontem à noite...

— Ela *me* chama de galinha sempre que pode — a Debra Mullins informou, do fundo do salão. — E eu não fiz nada ontem à noite.

— Por acaso não é uma infração ao código de conduta estudantil da Academia Preparatória John Adams fazer comentários pejorativos em relação à orientação sexual e/ou às supostas atividades sexuais de alguém, diretor Jamieson? — o Harold Minsky perguntou.

O diretor Jamieson olhou para a Kris e para o grupinho dela.

— De fato — ele disse, em tom severo. — É, sim.

— Dr. Jamieson — a Kris disse com a voz fraca. — Tudo isso foi um enorme mal-entendido. Posso explicar...

— Estou ansioso para ouvir sua explicação — o diretor Jamieson disse. — Na minha sala. Neste instante.

Com uma expressão de desalento (uma palavra que significa "falta de ânimo, abatimento"), a Kris saiu do refeitório atrás do diretor Jamieson.

Reparei que o grupinho de seguidoras dela ficou para trás, quase tentando fingir que não a conhecia.

Agora sim é que as fichas de inscrição da faculdade da Kris não iam ter nada de bom sobre suas capacidades de liderança...

Enquanto eu a observava se afastar, fiquei com vontade de chorar. Não porque a Kris Parks tinha sido tão maldosa comigo, tentando me humilhar na frente da escola inteira... como se eu já não tivesse comprovado, adequadamente, que era capaz de fazer isso por conta própria, sem ajuda de ninguém.

Não, eu fiquei com vontade de chorar porque percebi como tenho sorte. Por ter uma irmã como a Lucy, e uma amiga como a Catherine... isso sem mencionar tantas pessoas que eu nem *sabia* que eram minhas amigas, como o Harold Minsky. Fiquei lá do lado deles, com os olhos cheios de lágrimas, dizendo:

— Pessoal. Pessoal, tudo isso foi tão... tão legal da parte de vocês. Falarem que são galinhas... só por mim.

— Ah — a Catherine disse, dando tapinhas na minha mão. — Eu digo que sou galinha por você sempre que for preciso, Sam. Você sabe disso.

Mas a Lucy e o Harold não estavam prestando a menor atenção ao meu agradecimento do fundo do coração. Em vez disso, a Lucy tinha pegado no braço do Harold e dizia:

— Obrigada por dizer que você era um galinha por mim, Harold.

O rosto de Harold ficou ainda *mais vermelho* que as flores da camisa dele quando respondeu:

— Bom, sabe como é. Simplesmente não consigo ficar inerte quando uma injustiça social é cometida. Antes eu não sabia que você... que você era tão insurgente — (uma palavra que significa "quem se levanta ou se rebela contra algo"). — Sempre achei que você era meio que... bom, uma seguidora. Acho que eu realmente a subestimei.

— Ah, eu sou uma insurgente TOTAL — a Lucy disse, dando um apertão no braço dele. — Eu nunca desanimo quando vejo sangue.

Ah, bom. Pelo menos, chegou bem perto.

— Olha, Harold — a Lucy prosseguiu. — Eu sei que você não pôde no fim de semana passado, mas quer ir comigo ao cinema neste fim de semana?

— Lucy — o Harold disse, em um tom de voz mais estridente que o normal... ou porque ele estava acanhado ou porque a Lucy meio que estava esfregando o peito dela no braço dele... mas não sei dizer se ela estava fazendo de propósito. — Eu realmente não acho... bom, acho que devemos manter nosso relacionamento em nível profissional.

A Lucy largou o braço dele como se de repente tivesse começado a pegar fogo.

— Ah — ela disse, de repente com jeito de que *ela* ia começar a chorar. — Entendi. Tudo bem.

— É só que — o Harold disse, pouco à vontade. — Sabe como é. Os seus pais. Eles me contrataram para dar aula particular para você. Acho que não seria correto, sabe como é, nós nos encontrarmos socialmente.

A Lucy pareceu arrasada. Até que o Harold completou:

— Pelo menos, até você refazer o teste.

A Lucy olhou para ele com uma cara de quem mal conseguia acreditar no que estava ouvindo:

— Você está dizendo... está dizendo que, depois que eu refizer a prova, você vai sair comigo?

— Se você quiser — o Harold respondeu, em um tom que indicava que ele não conseguia imaginar, nem em um milhão de anos, que ela continuaria querendo, quando chegasse o momento, sair com ele.

O que só servia para comprovar que o Harold realmente não conhecia a minha irmã Lucy assim muito bem.

Mas eu tinha a sensação, a julgar pelo jeito como os olhos da Lucy brilhavam quando ela pegou o braço dele de novo, que ele iria conhecê-la *muito* bem.

— Harold — a Lucy disse, pegando de novo o braço dele —, posso prometer duas coisas para você.

O Harold ficou olhando para ela, como um homem em um sonho. Então um sorriso se abriu naquele rosto tão radiante quanto o nascer do sol sobre o rio Potomac (não que eu já tenha visto isso, afinal, quem acorda tão cedo assim?) e ele disse:

— Primeira: minha aparência sempre vai ser esta.

A Lucy logo sorriu para ele.

— Segunda: nunca vou desistir de você. Jamais.

Espera um pouco. Aquilo me parecia meio familiar... *Hellboy*. Eles estavam fazendo uma citação de *Hellboy*.

Dava para ver que aquela seria uma relação que duraria muito, muito tempo.

— Bom — a Debra disse. — Isso foi legal. A gente se vê. — Aí ela foi até o lugar onde o Jeff Rothberg estava sentado, o abraçou e enfiou a língua na boca dele.

E eu percebi, então, que a Escola Adams tinha voltado ao normal.

Só que, desta vez, de um jeito bom.

— É verdade que você viu a Kris Parks na limusine do Random Alvarez? — perguntei à Lucy depois que o sinal tocou e nós estávamos voltando para a classe. — Ou você só deu um chute?

Ela ainda estava tonta de felicidade por causa da coisa toda do Harold, de modo que estava difícil fazer com que ela se concentrasse. Mas, depois que dei alguns socos no braço dela, ela recobrou os sentidos.

— Ai. Não precisa BATER em mim. Claro que eu vi mesmo que ela estava na limusine. Você acha que eu mentiria sobre uma coisa dessas?

— Na verdade — eu disse —, o que eu acho? Que sim. Você mentiria. Porque a limusine do Random tinha janelas escuras. Não ia ter como você ver alguém lá dentro.

— Sabe de uma coisa, Sam? — a Lucy disse, com um sorriso minúsculo brincando em seus lábios. — É melhor você dar uma passadinha no banheiro e fazer alguma coisa com o seu cabelo. Está totalmente espetado na parte de trás de novo, e você está parecendo uma idiota. A gente se vê depois da aula.

E desapareceu pelo corredor com sua míni de pregas esvoaçando enquanto caminhava.

E eu percebi que nunca, jamais saberia a verdade.

E também percebi que... Quer saber? Realmente não fazia diferença.

As dez coisas mais importantes que você provavelmente não sabia a respeito de Camp David:

10. Localizado a 112 quilômetros da Casa Branca, nas montanhas de Catoctin, em Maryland, Camp David foi inaugurado em 1942 como local para o presidente relaxar e receber convidados longe do calor escaldante e da umidade de Washington D.C. durante o verão.

9. O nome que o presidente Franklin Delano Roosevelt deu para o lugar foi Camp "Shangri-La", em homenagem ao reino da montanha do livro *Horizonte Perdido*, de James Hilton.

8. Foi rebatizado em 1953 como Camp David pelo presidente Eisenhower em homenagem a seu neto, David.

7. A propriedade é operada por integrantes da marinha, e soldados do quartel de fuzileiros navais de Washington, D.C., fornecem segurança permanente.

6. Os convidados de Camp David podem se divertir em uma piscina, um campo de golfe, uma pista de corrida, quadra de tênis, cavalos e um ginásio.

5. Camp David é composto de diversos chalés independentes, situados ao redor de uma casa principal. Entre os chalés, estão: Dogwood, Maple, Holly, Birch e Rosebud — que são nomes de árvores e plantas. O chalé presidencial se chama Aspen Lodge.

4. Camp David foi o local de diversos encontros internacionais importantes. Foi ali, durante a Segunda Guerra Mundial, que o presidente norte-americano Franklin Roosevelt e o primeiro-ministro britânico Winston Churchill planejaram a invasão dos Aliados na Europa.

3. Muitos eventos históricos ocorreram no retiro presidencial, incluindo o planejamento da invasão da Normandia, os encontros entre Eisenhower e Khrushchev, discussões sobre a Baía dos Porcos, o Vietnã, sessões de estratégia de guerra e vários outros eventos com dignitários e convidados estrangeiros.

2. O presidente Jimmy Carter escolheu o local para os encontros dos líderes do Oriente Médio que levaram aos acordos entre Israel e Egito.

E o fato mais importante que você provavelmente não sabia a respeito de Camp David:

1. Estava prestes a se transformar no lugar em que eu, Samantha Madison, transaria pela primeira vez na vida.

Talvez.

★ 14 ★

— Quer mais batata-doce, Sam? — a primeira-dama me perguntou.

— Hum, não, obrigada — eu disse.

Sabe, este é o problema de ser fresca com comida e ir comer na casa de outra pessoa. A verdade é que existem pouquíssimos alimentos de que eu realmente gosto. O Dia de Ação de Graças é o pior. Eu odeio praticamente todas as coisas que os peregrinos comiam. Não suporto molhos. Não dá nem para saber a metade das coisas que tem dentro deles, e as poucas coisas que *dá* para identificar, como uvas-passas, simplesmente são nojentas.

Eu não como nada vermelho que não seja ketchup ou molho de pizza, de modo que isso automaticamente elimina qualquer coisa que tenha tomate. Também elimina *cranberries*. E (ECA) beterraba.

Basicamente, todos os legumes me dão nojo. Então isso significa que eu não como nem ervilha nem cenoura grelhada nem vagem nem (ECA) couve-de-bruxelas.

Não sou nem muito fã de peru. Eu só gosto da carne escura. Mas todo mundo considera essa parte, tipo, a pior, então só me oferecem partes do peito, que são de carne branca, que eu não suporto, porque mesmo quando é preparada por um superchef da Casa Branca, continua sendo meio... nojenta.

Na minha família, todo mundo já sabe que, quando se trata de jantar do Dia de Ação de Graças, eu me contento totalmente com um sanduíche de manteiga de amendoim, que a minha avó sempre prepara com muito carinho para mim, tirando a casca do pão.

Claro que minha mãe e meu pai costumavam reclamar porque eu nem *experimentava* tudo que tinha dado tanto trabalho para preparar.

Mas, com o passar dos anos, eu os treinei para simplesmente me deixarem em paz. Até parece que eu vou morrer de fome.

Mas este era o meu primeiro Dia de Ação de Graças com o David e a família dele. Eu ainda não tinha tido oportunidade de treiná-los.

Então eu simplesmente tinha que ficar lá fingindo que comia tudo que me serviam, enquanto, na verdade, eu só espalhava tudo pelo prato, formando pilhas bem arranjadas (já tinha aprendido minha lição sobre tentar esconder a comida no guardanapo), enquanto eu alimentava a intenção secreta de voltar para o meu quarto e engolir o sanduíche de manteiga de amendoim embalado em plástico que eu tinha na mala.

Bem ao lado da espuma espermicida e das camisinhas que a Lucy tinha me dado.

E eu estava me esforçando muito para não pensar nessas coisas.

O David obviamente estava fazendo a mesma coisa (tentando não pensar em sexo), já que uma das primeiras coisas que fizemos ao chegar a Camp David (depois do trajeto a bordo do *Marine One*, o helicóptero presidencial) foi pegar os jogos de tabuleiro, por causa do mau tempo (estava chovendo).

Não só chovendo, mas estava *caindo o mundo*, tanto que, antes de o David passar na minha casa para me pegar, fiquei imaginando se o *Marine One* conseguiria decolar.

E essa não tinha sido a única indicação de que o Feriado de Ação de Graças em Camp David não seria exatamente um piquenique. Não, eu também tinha acordado com uma espinha enorme no queixo. Por causa do estresse. Não dava muito para ver, mas eu *sentia*. E estava doendo.

Eu não tinha achado que nenhuma das duas coisas (nem a chuva nem a espinha) eram sinais benfazejos (uma palavra que significa "que tem ação favorável, cuja influência é boa"). E acontece que eu estava certa. Pelo menos, a julgar como tinha sido meu dia até então.

Eu sempre pensei (antes de tomar consciência das coisas) que o líder do meu país vivia no colo do luxo. Do mesmo jeito que eu achava que a Casa Branca era uma mansão enorme, com tapetes de pele por todos os lados.

E ao passo que a Casa Branca é *mesmo* bem legal, *não é* enorme e não é tão bacana quanto, digamos, a casa do Jack Slater em Chevy Chase. Acho que é mais legal que uma casa média dos Estados Unidos... sabe como é, tem piscina e pista de boliche e tudo o mais.

Mas o negócio é que as coisas mais chiques que tem lá são, tipo, antigas de verdade, e ninguém tem direito de usá-las. Todo o resto é composto de coisas que realmente se encontram em qualquer casa, como a minha ou a da Catherine. É só um monte de coisa normal.

E Camp David é ainda *mais* normal. É enorme, para uma casa, não me entenda mal, com todos aqueles chalés espalhados pelo terreno extenso. E também tem uma piscina, com um ginásio.

Mas não é *chique*, como seria de se pensar que a casa de campo de um líder mundial seria.

Acho que isso é porque os fundadores da nação queriam se afastar da ideia de classe dominante. Além do mais, o presidente na verdade não ganha tanto dinheiro assim. Pelo menos, se comparado à minha mãe e ao meu pai.

Claro que a família do David tem dinheiro das empresas em que o pai dele trabalhava antes de se tornar governador e, depois, presidente. Mas, mesmo assim...

Mas, bom, só estou dizendo que Camp David não é nenhum castelo. É mais tipo um... bom, um *campo*.

O que faz dele um lugar bem esquisito para alguém perder a virgindade.

Ou *não* perder, como pode ser o caso. Porque eu tinha pensado muito no assunto no decorrer das últimas 24 horas, e a verdade era que eu não estava.

Pronta, quero dizer.

É, eu sei que andava treinando. Muito. *Muito*.

E, sim, eu *sei* que disse que estava em cadeia nacional (tudo bem, foi por um canal de TV a cabo). Eu sei que todo mundo no país inteiro (inclusive minha própria avó, sem dúvida) acha que eu sou sexualmente ativa.

E sei que o pior já tinha acontecido: ser acusada publicamente de galinha pela Kris Parks; e eu tinha sobrevivido bem àquilo.

Mas só porque todo mundo acha que eu já Fiz Aquilo não é uma razão boa o suficiente para Fazer Aquilo. Continua sendo um passo incrivelmente enorme. O sexo traz muita responsabilidade. É o fim da inocência. Isso sem falar da possibilidade de contrair uma DST e de ter uma gravidez indesejada. Quem precisa de tanta preocupação?

Principalmente quando, vamos encarar, o ensino médio já é preocupação bastante por si só.

Então, eu tinha tomado minha decisão.

Agora eu só tinha que dar a notícia ao David.

E essa podia ser outra razão por que eu estava tendo tanta dificuldade para engolir alguma coisa no jantar. O David tinha que estar pensando que ia Se Dar Bem naquela noite. Ele *tinha* que estar pensando assim. Eu tinha visto o brilho no olho dele quando pegou o tabuleiro de ludo (Isso mesmo! Um tabuleiro de ludo de verdade!) mais cedo naquela mesma tarde. Só faltou ele dar uma piscadinha para mim por cima do copinho de dados.

Eu iria esmagar todos os sonhos adolescentes dele. Ele iria me odiar.

Não era para menos que eu não conseguia comer.

Eu fiquei aliviada de verdade quando a primeira-dama deu licença para mim e para o David, e nós fomos até a sala para assistir ao novo filme do Adam Sandler (sim, o presidente *de fato* recebe filmes em primeira mão antes de estarem à venda para qualquer pessoa). Isso desviou minha mente daquilo que eu sabia que aconteceria depois que todo mundo fosse para a cama. Mais ou menos. Até o momento em que o filme acabou e, antes que eu me desse conta, o David já estava me acompanhando até a porta do meu quarto (que ficava na parte principal da casa, não em um dos chalés) e dizia:

— Boa-noite, Sam — com uma voz toda doce. Aquele tipo de voz que "é para os meus pais ouvirem".

Porque ele sabia que nenhum de nós dois *realmente* iria dormir.

Pelo menos não em breve.

Ou pelo menos era o que ele achava.

Eu estava totalmente em pânico quando fechei a porta do quarto atrás de mim. Meu quarto era um bom exemplo de como o retiro presidencial *não* é chique. Era só um quarto normal, branco com paredes forradas de madeira e uma colcha azul-marinho por cima de uma cama tamanho *queen*. Na parede, havia estantes cheias de livros sobre (não é piada) pássaros e observação de pássaros. Tinha banheiro próprio e vista para o lago. Mas, realmente, isso era tudo.

Mas este quarto, aparentemente, era o lugar onde o David achava que iríamos Fazer Aquilo. Depois que todo mundo tivesse ido para a cama, e o David voltasse.

O que pode servir para explicar por que eu de repente me senti tão...

Enjoada.

E também não era só por causa de todo o marshmallow de cima das batatas-doces.

O sanduíche de manteiga de amendoim ajudou um pouco.

Mas, depois que eu comi, não sabia mais o que fazer. Eu não podia começar a me arrumar para dormir nem nada, porque vai saber o que a minha visão de pijama poderia fazer ao David? Inflamar os sentidos dele, ou algo assim, e dificultar ainda mais para o lado dele quando eu dissesse não. Não que o meu pijama fosse muito sensual ou qualquer coisa do tipo, já que era de flanela, com estampa de malas, com as palavras *Bon Voyage* escritas por toda parte (a minha avó tinha me dado de presente de aniversário no ano passado, para quando eu viajava como embaixadora teen da ONU).

Não, era bem melhor continuar totalmente vestida. Então, foi o que eu fiz. Fiquei sentada na beirada da cama, esperando. Agora não demoraria muito. O David apareceria a qualquer segundo. Assim que ele tivesse certeza que os pais estavam dormindo, para a nossa segurança. Já passava da meia-noite, então ele tinha que vir logo. Os presidentes acordam cedo demais, por isso a mãe e o pai dele com certeza já tinham deitado o cabelo. Ele chegaria a qualquer minuto.

A qualquer minuto a partir de agora.

E eu estava pronta para ele. Estava com o discurso prontinho. "David", eu iria dizer, olhando bem nos olhos dele com ternura, "você sabe que eu te amo. E eu sei que disse em rede nacional de televisão (a cabo) na outra noite que eu estava pronta para dizer sim para o sexo. Mas a verdade é que não estou. Eu sei que você me ama o bastante para compreender, e que você vai me esperar. Porque amor verdadeiro é isto... estar disposto a esperar."

Na verdade, eu tirei a última parte de um brochinho que o pessoal da Caminho Certo tinha distribuído no almoço umas duas semanas antes. Era um brochinho em formato de coração que dizia *Amar é... estar disposto a esperar*. Na hora, eu tinha feito sons de vômito para a Catherine ao ler aquilo.

Mas agora meio que estava começando a fazer sentido.

Eu gostaria de não ter pegado aquele brochinho e espetado no peito da boneca da Sally de *O Estranho Mundo de Jack* no trabalho. Eu bem que podia ter feito uso dele agora. Eu podia dá-lo ao David, como símbolo do meu compromisso de transar com ele algum dia. Algum dia que *não fosse* hoje.

Eu conseguia totalmente me imaginar entregando aquilo para ele e talvez dizendo alguma coisa memorável e tocante de verdade. Talvez algo do tipo: "Ei, você aí do outro lado. Deixe que ela se vá. Porque, por ela, eu faço a travessia e, quando isso acontecer, você vai se arrepender."

Realmente me parecia uma situação que exigia uma citação de *Hellboy*.

Mas, de todo jeito, eu estava pronta. Tinha escovado os dentes (só para que o meu hálito não o ofendesse quando eu o dispensasse) e examinado a espinha. Nenhuma melhora. A boa notícia, no entanto, era que continuava sem dar para ver, mesmo sem maquiagem. Eu só sentia aquilo ali, a espinha dolorida e brava comigo. Na verdade, eu não uso tanta maquiagem assim, só rímel e um pouco de corretivo, geralmente, e um brilho nos lábios. Mesmo assim, achei que eu devia ficar maquiada para a Grande Dispensada Suave, para que pelo menos os meus cílios ficassem da mesma cor que o meu cabelo. Só parecia que, sabe como é, eu devia tentar ficar com a melhor aparência possível para a Grande Conversa Sobre Sexo, apesar de o David já ter me visto *bem longe* da minha melhor aparência mais vezes do que é possível contar.

Sim. Eu estava pronta. Pronta e esperando. Só faltava uma coisinha.

O David.

Falando nisso... onde ele *estava*? Já fazia quase uma hora desde que todo mundo tinha ido para a cama. Agora já era quase meia-noite e meia.

De repente, comecei a sentir uma náusea diferente. Será que o David tinha mudado de ideia? Será que eu tinha feito algo para que ele não quisesse transar comigo? Será que era a minha espinha? Será que ele tinha notado?

Mas parecia bastante improvável que um cara fosse mudar de ideia sobre transar com a namorada por causa de uma espinha.

Mas espera um minuto. Eu nem *quero* transar com ele. Então, por que eu me importo?

Será que era alguma outra coisa, então? Será que era por causa do que tinha acontecido na MTV? Ai, meu Deus, será que o fato de eu ter anunciado que tinha dito Sim ao Sexo em cadeia nacional de televisão (a cabo) tinha acabado com a espontaneidade ou algo assim? Nas revistas, sempre viviam falando como o sexo devia ser espontâneo. Será que eu tinha estragado isso de alguma maneira?

Bom, e se eu tivesse estragado? Que bom, eu não quero Fazer Aquilo mesmo.

Mas isso também não parecia muito provável. O sexo não é o mesmo tipo de grande questão para os meninos que é para as meninas. Ou pelo menos não parece ser assim. Ah, claro, os meninos *querem* transar. Mas eles não ficam obcecados com o assunto como nós. Eles simplesmente vão lá e *transam*.

Pelo menos, é o que parece em filmes como *American Pie — A Primeira Vez é Inesquecível*.

Então, onde *ele* estava? Tanta espera estava me *matando*. Eu só queria dizer a ele que eu não iria Fazer Aquilo para acabar com tudo logo.

Esperei mais cinco minutos. Nada de David ainda.

E se tivesse acontecido alguma coisa? E se ele tivesse escorregado no chuveiro e batido a cabeça e estivesse lá desmaiado com a boca aberta, com os pulmões se enchendo de água enquanto eu ficava ali sentada?

Pior ainda, e se o David simplesmente tivesse mudado de ideia?

COMO ELE PODIA TER MUDADO DE IDEIA DEPOIS DE EU TREINAR TANTO?

Antes mesmo de eu me dar conta do que estava fazendo, eu estava em pé, disparando na direção da porta. Como ele tinha coragem? Como tinha CORAGEM de mudar de ideia depois de me fazer passar por tudo que ele me fez passar naquela semana toda? Não era ELE que decidiria que nós não transaríamos, no final das contas. *Eu* é que tomaria essa decisão. Eu já tinha decidido isso, muito antes dele.

Percorri o corredor escuro e vazio pisando duro, pensando em todas as coisas que eu diria a ele (ou que não diria a ele). Com certeza agora não receberia nenhuma citação de *Hellboy* da minha parte. De jeito nenhum. Ele tinha tido sua oportunidade de ouvir citações de *Hellboy* e a desperdiçara completamente. Nada mais de *Amar é... estar disposto a esperar* para ele. Ia ter que receber um *Bon Voyage*. Era o que ele receberia.

Quando cheguei ao quarto do David, dava para ver a luz acesa pela fresta embaixo da porta. Então, ele ainda estava acordado. Ele ainda estava acordado! Só não tinha se dado ao trabalho de levar a bunda preguiçosa dele até o meu quarto para que eu pudesse informar a ele que nós não transaríamos, no final das contas. É, muito obrigada! Obrigada por me informar! Quem sabe quanto tempo eu ficaria acordada, esperando para dizer não ao sexo, antes de perceber que ele nem apareceria?

E foi por isso que eu abri a porta dele de supetão, sem nem bater, e fiquei lá parada, olhando para ele com ódio, o peito arfando. Mas não do jeito que acontece em um livro de amor. Mais no clima de Eu Vou Te Matar.

O David ergueu os olhos do livro que estava lendo na cama. Um livro de arquitetura.

Enquanto eu, a namorada dele, tinha ficado sentada esperando, durante um período que pareceu ser de horas, para que ele chegasse para me deflorar de uma vez.

O David pareceu mais do que um pouco surpreso por me ver. Sabe como é, levando em conta a situação.

— Sam — ele disse e fechou o livro (mas não pude deixar de notar que ele deixou o dedo lá dentro para não perder a página em que estava) —, está tudo bem? Você não está enjoada nem nada, está?

Falando sério. Eu quase perdi a paciência, naquele instante e ali mesmo.

— Enjoada? — repeti. — ENJOADA? Sim, estou enjoada. Enjoada de ficar ESPERANDO você.

Isso fez com que ele tirasse o dedo do livro e de fato o colocasse de lado. Parecia preocupado.

Também não pude deixar de notar que ele estava totalmente gostoso. Principalmente porque, por acaso, ele estava sem camisa. Mas também porque, vamos encarar: o David sempre é gostoso.

— Esperando por mim? — o David, com uma cara perplexa de verdade, quis saber. — Esperando por mim para quê?

Não dava para acreditar. NÃO DAVA PARA ACREDITAR QUE ELE TINHA ME PERGUNTADO ISSO. Gostoso ou não, que tipo de pergunta era aquela?

— PARA TRANSAR — eu quase berrei.

Só que eu não queria acordar os pais dele. Muito menos o Serviço Secreto.

Então, eu cochichei.

Bem alto.

Mas, apesar de eu ter cochichado em vez de berrar, o David, mesmo assim, ficou com uma expressão totalmente chocada. O rosto dele, na luz quente que vinha do abajur de leitura ao lado da cama, começou a ficar tão vermelho quanto o meu cabelo era antes.

— Transar? — ele repetiu, com voz rouca.

— Você sabe do que estou falando — eu disse. Não dava para acreditar naquilo. Qual era o *problema* dele? — Foi você quem tocou no assunto.

— *Eu toquei?* — a voz dele meio que ficou esganiçada na palavra *toquei*. — Quando?

— Na frente da minha casa — eu disse, impaciente. Qual era o problema dele?

Talvez ele realmente tivesse escorregado no chuveiro e batido a cabeça.

— Está lembrado? Quando você me convidou para vir a Camp David jogar ludo?

— É — o David respondeu, agora com cara de quem não estava entendendo nada. Mas sem deixar de estar gostoso. — Mas isso nós já fizemos.

Mas isso nós já fizemos. Ai, meu Deus. Não dava para acreditar que ele tinha dito isso.

E, também, que ele continuava o maior gostoso quando dizia isso.

— Mas eu não quis dizer... — o David gaguejou. — Quando eu disse ludo, eu quis dizer...

Alguma coisa fez meu coração se apertar. É sério. Parecia que alguém tinha jogado um copo inteiro de água gelada na minha cabeça, e que alguns cubos de gelo tinham escorregado para dentro da minha camiseta.

Porque estava óbvio, pela expressão no rosto do David, isso sem falar na maneira como ele estava agindo, que quando ele disse ludo, ele realmente queria dizer... ludo.

— Mas... — eu disse, com uma voz bem baixinha —, você... você disse que achava que estávamos prontos.

— Prontos para passar o fim de semana junto com os meus pais — o David disse, com a voz esganiçada, o que não era nada normal para ele. — Foi isso que eu quis dizer quando falei que estávamos prontos. — Aí, com olhos arregalados, ele falou: — Era DISSO que você estava falando naquela noite? Quando falou que tinha dito sim ao sexo?

— Bom, foi — respondi. — O que você *pensou* que eu quis dizer?

O David meio que deu de ombros.

— Só achei que você estava tentando mostrar uma posição para o meu pai. Só isso. Eu não sabia que você estava MESMO... sabe como é. Dizendo sim ao sexo.

Principalmente porque ele não tinha nem perguntado.

— Ah — eu disse.

E fiquei com vontade de morrer.

Porque tudo aquilo tinha sido para nada. Tudo: tanta preocupação, as longas conversas com a Lucy, a coisa de Simplesmente Diga Sim ao Sexo, a solidariedade de galinhas... tudo a troco de nada.

Porque o David nunca teve a intenção de transar comigo neste feriado. Fui *eu* que tirei a conclusão apressada de que ludo significava sexo. Fui *eu* quem achei que, quando o David disse achar que estávamos prontos, ele quis dizer que estávamos prontos para transar. Fui *eu* quem disse sim ao sexo, quando acontece que ninguém me *perguntou* nada.

Tinha sido tudo da minha cabeça. Eu mesma tinha causado tanta preocupação e angústia.

Por nada.

Meu Deus. Que vergonha.

— Hum — eu disse. Agora era *eu* que estava ficando vermelha. O que ele devia estar pensando de mim? Lá estava eu, irrompendo no quarto dele, exigindo saber por que ainda não estávamos transando. Ele deve estar achando que sou uma lunática completa. — É. Olha, hum. Eu só, hum, vou andando.

Só que, a cada passo que eu dava na direção da porta, não podia deixar de notar umas coisas. Como, por exemplo, como o David estava bonito sob a luz do abajur. E como os olhos verdes dele eram exatamente da cor do gramado na corrida de cavalo do Kentucky Derby.

E como ele ainda parecia tão confuso, com o jeitinho adorável de CDF dele, com o cabelo meio espetado na parte de trás, onde tinha ficado amassado por encostar na cabeceira da cama enquanto lia.

E como o peito dele era largo, e como tinha jeito de ser tão confortável, e como seria bom apoiar a minha cabeça ali para ficar ouvindo o coração dele bater...

E, de repente, ouvi a mim mesma dizer:

— Hum, será que você pode esperar aqui só um segundo?

Até parece que ele iria a algum lugar.

Aí eu dei meia-volta e corri o mais rápido possível até o meu quarto.

Quando voltei, estava ainda *mais* sem fôlego.

E também trazia nas mãos um saco de papel pardo. O David deu uma olhada nele, depois em mim.

— Sam — ele falou, em um tom desconfiado (mas não necessariamente desagradável). — O que tem neste saco?

Aí eu mostrei para ele.

★ 15 ★

$\mathcal{Q}$*uando entrei* em casa no dia seguinte, tomei um susto de ver o meu pai sentado na sala, ouvindo a Rebecca tocar "New York, New York" na clarineta.

— O que *você* está fazendo aqui? — soltei enquanto o Manet, que tinha corrido para a porta ao ouvir o som da minha chave na fechadura, pulava em cima de mim sem parar.

A Rebecca abaixou o instrumento e disse:

— Dá licença? Eu ainda estou *tocando*.

— Ah — eu disse, pega de surpresa. — Como assim?

Meu pai, que não estava lendo jornal, nem falando no telefone ou fazendo qualquer outra coisa, de fato, além de aparentemente estar ouvindo a performance da filha mais nova, sorriu para mim com um pouco de dificuldade enquanto eu ficava lá esperando a música acabar. Quando acabou, ele bateu palmas, quase como se tivesse gostado de verdade.

— Foi ótimo — ele disse, todo entusiasmado.

— Obrigada. — A Rebecca virou com cuidado uma página do livro no suporte de partitura dela. — E, agora, dando continuidade ao meu tributo às grandes cidades da nação, vou tocar a canção "Gary, Indiana", de *The Music Man*.

— Hum, será que você pode esperar até eu pegar mais um pouco de café? — meu pai perguntou, segurando a xícara vazia. Então, correu para a cozinha.

Eu olhei para a Rebecca.

— O que está acontecendo aqui? — perguntei a ela.

— Aquelas Grandes Mudanças sobre as quais o papai estava falando na noite em que você disse sim ao sexo na TV — ela disse com um dar de ombros. — Eles resolveram passar mais tempo com a gente. Então, eu vou tocar para ele cada uma das músicas do meu repertório, para ver até onde ele aguenta. Até agora, tem suportado tudo surpreendentemente bem. Eu dou mais duas músicas para ele ceder.

Atordoada, levei minha mala de mão para a cozinha, atraída pelo cheiro de alguma coisa assando. Fiquei chocada de ver a minha mãe, e não a Theresa, debruçada por cima da porta aberta do forno, perguntando:

— Você acha que estão prontos, querido? — para o meu pai, que enchia a xícara de café.

Ela estava assando biscoitos com gotas de chocolate. Minha *mãe*, a advogada ambiental mais ferina da cidade, estava assando biscoitos com gotas de chocolate. O celular dela nem estava à vista.

Minha mala de mão caiu do meu ombro para o chão com um baque.

A minha mãe olhou para mim por cima do ombro e sorriu.

— Ah, Sam — ela disse. — O que está fazendo em casa? Achei que você ia passar o fim de semana todo fora.

— Precisamos voltar antes — eu disse. — O pai do David queria se reunir com os assessores dele para revisar alguns pontos da iniciativa do Retorno à Família antes de apresentá-la ao Congresso na segunda-feira. O que você está *fazendo*?

— Assando biscoitos, querida — ela respondeu e tirou a assadeira do forno, então fechou a porta. — Cuidado, estão quentes! — Isso ela disse para o meu pai, quando tentou esticar a mão para pegar um.

— Por que vocês não estão na casa da vovó? — perguntei.

— Aquela mulher morreu para mim — meu pai disse, pegando um biscoito, mesmo assim, e queimando os dedos.

— Richard — minha mãe disse, apertando os olhos para ele. Para mim, ela disse: — Seu pai e a mãe dele tiveram um pequeno desentendimento, por isso voltamos para casa mais cedo.

— Pequeno? — meu pai perguntou, depois de beber um pouco de café para engolir o biscoito quente que ele tinha enfiado na boca, para impedir que queimasse os dedos, e assim queimando a língua. — Não houve nada de pequeno naquilo.

— Richard — minha mãe disse. — Richard, eu já disse, os biscoitos estão *quentes*.

Mesmo assim, meu pai pegou mais dois e colocou em uma toalha de papel.

— A gente se fala — ele disse e voltou para a sala, com o Manet atrás dele bem feliz, na esperança de conseguir ficar com algum biscoito derrubado. — "Gary, Indiana" está à minha espera.

271

— Certo, falando sério. — Fiquei olhando para minha mãe. — O que está acontecendo aqui? Eu saio por uma noite e vocês de repente se transformam em uma família modelo? Cadê a Theresa?

— Eu dei o fim de semana de folga para ela — minha mãe disse, tentando descolar da fôrma os biscoitos que ela tinha acabado de assar. Infelizmente, não estavam soltando com muita facilidade. — É importante para ela passar tempo com sua própria família, sabe como é. Da mesma maneira que é importante para todos nós passarmos um tempo juntos também. Seu pai e eu conversamos sobre o assunto, e nós concordamos com o presidente. Não com *tudo* que ele disse, é claro. — Ela se esforçou para soltar um biscoito particularmente recalcitrante (uma palavra que significa "que resiste obstinadamente"). — Mas estava mesmo na hora de passarmos mais tempo com vocês, meninas — ela prosseguiu. — Seu pai acha que talvez a Lucy estudaria mais se nós ficássemos de olho nela. E você sabe o que os professores dizem sobre a necessidade de maior socialização da Rebecca. É por isso que seu pai e eu vamos trabalhar menos horas por semana. É verdade, isso vai significar menos entrada de dinheiro. Foi por isso que seu pai brigou com a mãe dele. — Minha mãe fez uma careta. — Mas, bom, eu não tinha ficado assim muito entusiasmada com a ideia de ir passar o Natal em Aruba com ela mesmo.

Eu só fiquei olhando para ela, quase incapaz de registrar o que tinha acabado de ouvir. Minha mãe e meu pai iam passar mais tempo conosco?

Será que isso era bom? Ou será que era ruim? Ou será que era *muito* ruim?

— E eu? — perguntei, com voz rouca.

— O que tem você, querida? — minha mãe perguntou.

— Bom... isso é por causa do meu castigo na escola na semana passada? Ou por causa do que eu disse na TV?

— Ah, querida. — Minha mãe sorriu para mim. — Você sabe que não nos preocupamos muito com você, Sam. Você sempre teve a cabeça bem no lugar. — Mas então completou, apressada: — Mas acho que, se eu passar mais tempo em casa, talvez eu possa pelo menos impedir que você faça mais alguma coisa com o seu pobre cabelo.

Ela sorriu para mostrar que estava fazendo uma piada... só que dava para ver que *na verdade* não estava.

— Hum — eu disse. — Ótimo.

Como que em meio a um transe, subi a escada para o meu quarto. Meu pai tinha prometido que haveria GRANDES mudanças em casa.

Só não imaginei que seriam assim *tão* grandes.

Eu estava em um estado de choque tão profundo que nem escutei quando a Lucy me chamou do quarto dela, quando passei na frente da porta aberta. Só na segunda vez que ela berrou um "SAM!" estridente que eu percebi que estava falando comigo e enfiei a cabeça dentro do quarto dela, para ver o que ela queria.

— Você voltou antes do que devia! — a Lucy exclamou, do lugar em que estava acomodada sob o grande dossel da cama dela, folheando a última *Vogue*, ou algo assim.

— Você também — eu disse. — O papai e a vovó brigaram muito feio?

— Total — a Lucy disse. — Bom, você sabe como eles são. Na segunda-feira, já vão ter feito as pazes. Pelo menos, espero que sim, porque eu ia total comprar um biquíni novo para levar para Aruba. Então... como foi?

— Tudo bem — respondi, ciente de que a Lucy tem a memória de longo prazo de um gato, e que era improvável que fosse se lembrar da nossa conversa da semana anterior, ou mesmo de que tinha comprado espermicida e camisinha para mim.

Mas parece que a nossa conversa tinha sido mais importante do que eu tinha pensado... ou isso ou as aulas particulares do Harold tinham feito a memória dela melhorar.

— Entra aqui, entra aqui e me conta sobre... sabe como é. *Aquilo* — ela disse, em tom de conspiração.

Eu me esgueirei para dentro do quarto e fechei a porta para que ninguém no andar de baixo escutasse a nossa conversa (não que isso fosse muito provável, de qualquer forma, levando em conta o volume em que a Rebecca tocava a clarineta dela).

— Então — a Lucy disse, dando uns tapinhas no espaço vazio no colchão ao lado dela. — O que aconteceu? Com o David? Vocês dois, sabe como é, Fizeram Aquilo?

— Bom — respondi, sentando-me do lado da cama que ela havia indicado. — A verdade é que...

Os olhos da Lucy se arregalaram.

— O que foi?

— Basicamente... — eu respirei fundo. — Eu o ataquei.

A Lucy deu um gritinho e se contorceu toda. Foi aí que notei que a revista que ela lia com tanta atenção era um livro preparatório para a prova.

Uau. Ela *realmente* amava o Harold.

— Então, o que aconteceu EXATAMENTE? — ela quis saber. — Você usou a espuma direito? E ele usou camisinha? Porque precisa usar os dois. A Heather Birnbaum só usou camisinha e ficou grávida e teve que ir morar com a tia dela no Kentucky.

— Nós usamos a espuma — eu disse. — E as camisinhas. Obrigada pelos dois.

— Você... sabe o quê? — a Lucy baixou a voz para um sussurro.

— Acho que vamos precisar treinar um pouco — eu disse, começando a corar — para que isso aconteça. Mas nós vamos chegar lá.

— É MESMO? — a Lucy parecia animada. — A Tiffany sempre disse que funcionaria. De treinar com o chuveirinho e tudo o mais. Mas eu não acreditei nela. É bom saber que ela não estava mentindo totalmente.

Olhei para ela cheia de curiosidade.

— Bom — eu disse —, você mesma não teve a sua experiência pessoal com isso? Você e o Jack?

— O JACK? — A Lucy deu uma risada como se aquilo fosse absolutamente hilariante. — Ai meu Deus, o JACK!

Fiquei olhando para ela.

— Mas... — alguma coisa não estava batendo. — Lucy, você e o Jack,.... vocês dois Fizeram Aquilo, certo?

A Lucy fez uma careta.

— Eca! Eu? Com o JACK? Nunca!

— Espera. — Fiquei olhando para ela com ainda mais intensidade. — Então você é... você é VIRGEM?

— Bom, claro que sim. — A Lucy parecia confusa. — O que você achou?

— Mas você e o Jack namoraram, tipo, três anos!

— E daí? — Para alguém que tinha me dado métodos contraceptivos e dicas sexuais com tanto júbilo (uma palavra que significa "alegria extrema, grande contentamento"), a Lucy parecia extremamente indignada com a sugestão de que ela própria talvez não fosse tão pura quanto a neve fresca. — Ele *queria*, mas eu ficava, tipo: de jeito nenhum, cara pálida!

— Mas, Lucy — eu exclamei. — A espuma! E as camisinhas! Foi você que arrumou tudo para mim!

— Bom, é claro — a Lucy disse, como se fosse a coisa mais óbvia do mundo. — Eu não podia deixar você ir à farmácia comprar sozinha, ia aparecer direto naquele jornal sensacionalista *National Enquirer*. Isso antes de você deixar bem claro que não se importa sobre QUEM sabe o que você faz, já que anunciou em rede nacional de televisão. Mas isso não significa que *eu* alguma vez tenha usado a espuma. Eu só tinha ouvido falar, sabe como é. Da Tiffany.

— Mas — e essa era a parte que eu estava tendo mais problemas em processar —, no outro dia, no refeitório. Você disse que era galinha.

— E daí? — A Lucy jogou o cabelo ruivo brilhante para o lado. — A Catherine também disse.

Fiquei olhando para ela, completamente chocada.

— Então você... você só fez aquilo por mim? E você e o Jack... durante todo aquele tempo... vocês nunca...

— Fizemos Aquilo? — a Lucy sacudiu a cabeça. — De jeito nenhum. Eu disse para você. Ele não era O Homem Certo para mim.

— Mas... mas você achava que ele era. Ficou achando por muito tempo. Não vá me dizer que não. Você até me disse que ele foi o seu primeiro!

— Meu primeiro AMOR — a Lucy disse. — Não meu primeiro "você sabe o quê".

— Mas... — não dava para acreditar no que eu estava escutando. — por quê?

— Não sei. — A Lucy deu de ombros. — Tudo bem, acho que algumas vezes eu achei que ele poderia ser. O homem certo. Mas eu nunca tive certeza. Sabe do que estou falando? Não como você sabe que o David é. Ou como eu sei que o Harold é.

— Você acha que o *Harold* é o... Homem Certo? — perguntei.

Mas eu devo ter franzido o nariz ou algo assim ao dizer isso, porque a Lucy parecia na defensiva ao responder:

— Acho, sim. Por quê? Qual é o problema do Harold?

— Nenhum — eu me apressei em responder. — Tenho certeza que vocês dois vão ser muito felizes juntos. Depois que você, sabe como é, passar na prova e tudo o mais.

Aparentemente amaciada, a Lucy disse:

— Então, me conta. Doeu na primeira vez? Os pais dele desconfiaram? Onde vocês Fizeram Aquilo? No quarto dele ou no seu? E o Serviço Secreto? Os agentes não estavam por perto, estavam? E o...

As perguntas dela eram infinitas.

E apesar de eu estar tonta demais para responder a qualquer uma delas, eu tentei, mesmo. Porque eu estava devendo uma para ela, total. Agora, ainda muito mais do que eu tinha pensado.

Era o mínimo que eu podia fazer para recompensá-la.

E, além do mais, para que servem as irmãs?

— Sam! Você apareceu! — A Dauntra acenava para mim feito louca de trás da caixa registradora quando eu cheguei para o meu turno, mais tarde naquele mesmo dia.

Bom, ela não estava nem um pouco aborrecida comigo. Achei que ela estaria, total. Por eu ter mesmo me feito de fantoche da iniciativa fascista do presidente, no final das contas.

Apesar de eu ter me *recusado* a concordar com ela no último minuto.

— Oi, D — eu disse, me esgueirando por debaixo do balcão para me juntar a ela. — Como foi seu Dia de Ação de Graças?

— Um saco — a Dauntra disse. — Achei que você ia passar o fim de semana na casa da sua avó.

— Eu ia — respondi. — Mas acabei indo para Camp David.

A Dauntra deu uma risada de desdém.

— Para Camp *David*? Onde o presidente passa o tempo livre dele?

— Lá mesmo — respondi.

— Cara — a Dauntra sacudiu a cabeça. — E ele DEIXOU você ir lá? Depois de você acabar com ele em rede nacional de TV?

— Eu não acabei com ele — eu disse, pouco à vontade. — Só observei que pode existir uma maneira melhor do que, hum, a que ele estava sugerindo.

— *Observou*, sei — a Dauntra repetiu com um sorriso malicioso. — Cara, você é tão legal.

Olhei por cima do ombro, para ver de quem ela estava falando. Mas as únicas outras pessoas na loja eram alguns nerds-ninjas nas prateleiras de Kurosawa...

— Quem? — perguntei. — EU?

— É, você — a Dauntra disse. — Ninguém consegue parar de falar sobre como você colocou o Homem no lugar dele, e nem precisou participar de uma manifestação.

— Hum — respondi, sem ter muita certeza do que ela estava falando, mas contente do mesmo jeito. Não tem muita gente que me acha legal. Tirando o meu namorado, é claro. E a minha irmã mais velha, como descobri. — Valeu.

— Estou falando sério. O Kevin mandou perguntar se você quer se juntar a nós um dia desses. Sabe como é. Para se divertir.

— Na sua casa? — Meu coração saiu pela boca. Eu nunca imaginei que seria convidada para "me divertir" com alguém tão fabulosa quanto a Dauntra. Nós éramos amigas do trabalho e tudo o mais. Mas, fora do trabalho? — Claro. Eu adoraria. Posso levar o David?

— O primeiro-filho? — A Dauntra deu de ombros. — Por que não? Vai ser hilário. Ah, e olha, você me inspirou. — Ela colocou a mão dentro da mochila, tirou uma folha de papel dobrada com cuidado e me entregou. — Quando o Stan vier conferir minha bolsa hoje à noite, vou dar isto a ele.

— O que é? — perguntei, desdobrando a folha.

— Um e-mail — a Dauntra disse, toda orgulhosa. — Da minha advogada. Da União das Liberdades Civis Norte-Americanas. Ela aceitou o meu caso. Achei que daria mais certo do que usar calda de panqueca. Sabe como é. Tomar o caminho da Samantha Madison.

Fiquei olhando para ela.

— Contratar uma advogada da União das Liberdades Civis Norte-Americanas para impedir que seu empregador examine sua bolsa em busca de bens roubados no fim do expediente é tomar o caminho da Samantha Madison?

— Totalmente — a Dauntra disse. — É muito melhor do que fazer uma manifestação. Com certeza as roupas da gente não ficam assim tão sujas. E, quando a minha nova advogada acabar com a gerência daqui, aposto que a loja vai ser minha.

— Uau — eu disse, devolvendo o e-mail para ela. — Estou impressionada.

— Bom, e devia estar mesmo. É tudo por sua causa. Ei, você se divertiu?

Olhei para ela com curiosidade.

— Se me diverti?

— Em Camp David. Aliás, o que vocês fizeram lá? Deve ter sido a maior chatice. Choveu o tempo todo, certo?

— Ah — eu disse, brincando com o brochinho *Amar é... estar disposto a esperar* espetado no peito da boneca de Sally. — A gente achou o que fazer.

— Ai, meu Deus.

Algo na voz da Dauntra me fez erguer os olhos. Ela olhava para mim com muita atenção.

— Ai, meu Deus, Sam — ela disse. — Por acaso você e o David... FIZERAM AQUILO?

— Hum. — Senti minhas bochechas começarem a esquentar, como já tinha acontecido um milhão de vezes naquele dia. Olhei ao redor para ver se o Chuck ou o Stan ou qualquer outra pessoa estava por perto.

Mas a única pessoa na loja além de nós era o Sr. Wade, ocupado examinando as novidades da seção de arte.

— Hum — eu disse. Não havia razão para eu ficar na defensiva. Aquela não era a Kris Parks. Era a *Dauntra*. A Dauntra não ia me chamar de galinha. A Dauntra nunca chamaria ninguém de galinha. A não ser, talvez, a Britney Spears. Mas isso seria totalmente natural.

— É — respondi, apesar de a minha boca de repente ter ficado muito seca. — Nós fizemos.

E a Dauntra apoiou o cotovelo na caixa registradora, encostou o queixo na mão e me perguntou, com ar sonhador:

— E não foi DIVERTIDO?

Fiquei olhando para ela sem entender nada.

— O que foi ou não divertido?

— Com licença. — O Sr. Wade tinha se aproximado do balcão. — Gostaria de saber se a minha encomenda de DVD já chegou. Em nome de Wade, W...

— A-D-E — a Dauntra disse, em tom cansado. — Cara, a gente SABE o seu nome. Você vem aqui todo dia, pelo amor de Deus!

O Sr. Wade pareceu estupefato.

— Ah — ele disse. — Não achei que fossem se lembrar de mim.

— Cara — a Dauntra disse, pegando o DVD que ele tinha encomendado. — Cai na real. Você é inesquecível. — Aí ela olhou de novo para mim e disse: — O sexo. Quero saber se não foi divertido.

Dei uma olhada para o Sr. Wade, cujos olhos saltavam de baixo da boina. Então olhei de novo para a Dauntra com um sorriso.

— Foi — respondi. — Foi, sim, muito divertido.

— Como foi o Dia de Ação de Graças?

Foi o que o David me perguntou na próxima vez que nos encontramos, que só foi na aula de desenho com modelo vivo da Susan Boone na terça-feira seguinte.

Ele estava com um sorriso sacana no rosto, um sinal claro de que estava brincando. Mas eu respondi a ele com toda a sinceridade, do mesmo modo:

— Sabe o quê? — respondi. — Foi bem-bom. Como foi o seu?
— Fantástico. — Ele deu uma piscadinha. — O melhor feriado de Ação de Graças de todos os tempos.

Nós dois ficamos lá sorrindo feito idiotas um para o outro, até que o Rob chegou com o bloco de desenho dele, resmungando a respeito de ter esquecido seus lápis de grafite macio. Aí, lembrando que não estávamos exatamente sozinhos, o David e eu tratamos de nos ocupar com nossos lápis e borrachas.

Mas eu, pelo menos, continuava sorrindo. Porque todas as coisas que tanto tinham me preocupado... sabe como é, sobre como depois que os casais transam eles não pensam em mais nada nem fazem mais nada?

Não é verdade. Eu *penso* sobre o assunto. Muito.

Mas não é a *única* coisa em que eu penso.

E eu sei que também não é a única coisa em que o David pensa. Dá para ver porque, essencialmente, a nossa relação não mudou em nada. Ele continua me ligando toda noite antes de ir para a cama, e toda manhã assim que acorda, como sempre.

E foi por isso que ele foi uma das primeiras pessoas para quem eu contei que Grandes Mudanças não tinham acontecido só na minha casa. Quando cheguei à escola na segunda-feira, descobri que algumas mudanças tinham ocorrido lá também, enquanto estávamos todos fora para o Feriado de Ação de Graças... sendo que a maior delas tinha sido a dissolução da Caminho Certo, porque todas as integrantes, menos uma (especificamente, a Kris Parks), tinham saído do grupo.

Mas não foi só isso. Eu também descobri que a Kris Parks não era mais presidente do segundo ano. Porque não é possível desrespeitar o código de conduta da escola (como a Kris tinha feito ao me chamar de galinha na frente de tantas testemunhas) e manter sua posição no governo estudantil, porque, como representante dos alunos, você tem que ser um exemplo para o resto dos colegas.

Então, a Frau Rider, que é a conselheira do segundo ano, teve que indicar a vice-presidente como representante principal da classe, até que as novas eleições ocorressem no início do próximo ano letivo.

Um monte de gente (bom, tudo bem, praticamente só a Catherine, a Deb Mullins, a Lucy e o Harold) achou que *eu* devia me candidatar. A presidente da classe.

Mas eu realmente já tenho bastante coisa para fazer, muito obrigada, com as aulas de arte, meu emprego e as coisas de embaixadora teen.

Além do mais, para ser presidente da classe na escola, você realmente tem que se PREOCUPAR com a escola. E eu não me preocupo mesmo. Com a escola, quero dizer.

Mas preciso confessar que, ultimamente, estou começando a gostar um pouquinho mais dela.

— Ei, adivinha quem vai para a Califórnia neste fim de semana para um evento beneficente? — o David me perguntou.

— Deixa eu adivinhar — eu disse, pegando meu bloco de desenho e virando em uma bela página limpinha. — Seus pais.

— É. E vão ficar fora até domingo à noite. Vou ficar com aquela enorme casa branca só para mim.

— Que legal para você — eu disse. — Vai poder dançar de cueca e óculos escuros, ouvindo uma música do Bob Seger.

— Eu estava pensando que ia ser mais divertido se você fosse me visitar — o David disse. — Recebemos o filme novo do Mel Gibson. Sabe qual? Aquele que acabou de sair?

— Vou ter que ver com os meus pais — eu disse. — Mas... imagino que eles vão deixar.

— Excelente — o David disse, fazendo sua melhor imitação de Sr. Burns, dos Simpsons.

— Olá para todos. — A Susan Boone entrou apressada, seguida por Terry, bem mais lento e mais letárgico (uma palavra que significa "que se mostra desanimado"). — Estamos todos aqui? Todo mundo está pronto? Terry, se não se importa...

Terry tirou o roupão e deitou na plataforma elevada. Não demorou muito para ele cair no sono; o peito dele subia e descia com seus roncos fracos.

E, desta vez, quando o desenhei, tentei me concentrar no todo, e não nas partes. Fiz um esboço da sala ao redor dele e depois do lugar dele no meio, tentando construir meu desenho da maneira como se constrói uma casa... a partir da estrutura, mantendo em mente que era necessário haver um equilíbrio entre a figura central do desenho e o fundo que lhe dá apoio.

E acho que consegui, porque, quando chegou a hora de fazer a crítica do trabalho daquela noite, a Susan ficou satisfeita com os meus resultados.

— Muito bom, Sam — ela disse, falando do meu desenho. — Você realmente está aprendendo.

— É — respondi, um pouco surpresa. — Acho que estou mesmo.

Este livro foi composto na tipologia
Filosofia Regular em corpo 12,5/17, e impresso em
papel off-set 90g/m² no Sistema Cameron
da Divisão Gráfica da Distribuidora Record.